「空間斬」

亜空間から鍬を取り出すと、
土を掘り上げて丁寧に畝を作り上げていく。
「やっぱり、こうやって
何かすることがあるというのはいいな」
仕事や家事とは違った趣味だろうか。
自分のやりたい事に打ち込める時間があるというのは幸せだ。
長期間の休みや自由時間にまだ慣れていないので、
こういった趣味があると時間にメリハリもつく。
それに転移を使うことが多いので
一般人よりも少し運動不足気味だ。
こうやって、きちんと身体を動かさないとな。
ニーナ

クレト
突撃してくる
先頭のゴブリンがいる空間を切断する。
すると、ゴブリンの身体が斜めにずれ、
上半身と下半身がずり落ちた。
紫色の血液をまき散らして、
ドサリと崩れ落ちるゴブリンの体。
やはり、その空間上にあれば
生き物であろうと容赦なく
斬り裂かれるようだった。
「グギャアッ!?」
これには後ろにいた
二体のゴブリンも驚き足を止める。

異世界ではじめる二拠点生活

Two-base life Starting in a Different world

~Going back and forth between the royal capital and the countryside with magic~

錬金王

【Illustration】
あんべよしろう

～空間魔法で
王都と田舎を
いったりきたり～

Contents

Two-base life Starting in a Different world
~Going back and forth between the royal capital and the countryside with magic~

Illust.あんべよしろう

第一話　異世界転移

四日前。父が死亡した。

そして、今はもろもろの手続きや葬式を終えた帰り道。

俺の母は物心つく頃に病気で亡くなった。祖父母も天寿を全《まっと》うしており、家族と呼べるのは父だけであった。

親戚はいるが縁は薄く、葬儀でしか会ったことのない他人のようなもの。

二重暮人《ふたえくれと》、八王子に住む二十七歳の独身。親しい友人や恋人もいない。

「……そうか。俺、ついに独りぼっちになったんだな」

父の葬儀を終えると、当たり前の事実を認識することができた。

実家に戻れば、当たり前に父がいる。

未《いま》だにそんな風なことを考えていたが、今はもう違う。

そこには誰もおらず、歓迎してくれる人も心配してくれる人も励ましてくれる人もいないのだ。

――もう頼れる人はいない。

孤独であることを認識すると吐き気がし、身体《からだ》がズンと重くなっていった。

慣れない葬儀の段取りを行ったせいだろうか。心と身体が疲れている。

唯一の肉親ともいえる父の死は思っていた以上に、俺の心をむしばんでいたようだ。

有休申請は今日までであるが、上司にお願いをして何とか半休を……。

家族が亡くなったばかりなのに、次の仕事のことを考えなければいけない。

そんな自分の社畜精神と環境が嫌になるな。

自己嫌悪に陥っていると、喪服のポケットに入れているスマホが振動した。

取り出してメールを確認すると、上司の名前が表示される。

内容は、有休は今日までで明日は絶対に来いという命令文であった。

「家族を失っても、明日には出勤か……本当に嫌になる」

上司に先手を打たれた。これでは半休をとらせてくれとは言い出しづらい。

言ったところで理不尽に怒鳴り、減給をちらつかせてきそうだ。

「……はぁ、何もかも投げだして遠いところに行きたい」

どうせここに俺の居場所はないんだ。だったら、もっと遠いところに行って、快適な生活を送りたい。

『ならば、お前にしよう』

星空を眺めながら半ば自暴自棄になっていると、頭の中に謎の声が響き渡った。

「な、なんだ？　今の声は？」

慌てて周囲を見渡してみるが誰もいない。

じゃあ、俺に声をかけてきたのは一体誰なんだ？

いくつもの疑問が頭を埋め尽くす中、気が付けば足元に魔法陣のようなものが広がっており、眩《まばゆ》い光が俺を呑《の》み込《こ》んだ。

あまりの眩さに両手で目を覆う。

そして、おそるおそる目を開けてみると、そこは八王子の薄暗い通りではない。

日本風景とは思えない、中世的な外観をしている建物や道が広がっていた。

現代日本とは思えない洋服を身に纏《まと》った人間や、頭に耳を生やした獣人、耳の尖《とが》ったエルフといった異種族が行き交っている。

「……なんだこれは？」

あまりの景色の変わりようにあんぐりと口を開けてしまう。

街並みだけでなく、行き交う人の様子をみれば、ここが地球ではないことは明らかだった。

『ここは異世界。お前が望んでいたどこでもない遠い場所だ』

「は、はあ⁉　異世界？　そんなことを急に言われたって、どうすればいいんだ？」

『遠くに行けるだけの力は与えた。あとは好きに生きるがいい』

ヤバい、こいつ人の話を聞いていない。

もう必要なことは伝えたとばかりの雰囲気に嫌な予感がする。

「ちょっと待ってくれ！　説明が足りてない！　もっと説明を……っ！」

慌てた俺はもっと詳細な説明を願うが、頭の中に響いてきた声はうんともすんとも答えてくれなかった。

俺を異世界に連れてきた神様的な存在の何かは、本当にどこかに行ってしまったか、興味を失ってしまったようだ。

周囲にいる異世界の住人が、虚空《こくう》に向かって叫ぶ俺を見て、露骨に引いているがそんな些細《ささい》なことを気にしている場合ではなかった。

「どこか遠くに行きたいと言ったけど、まさか異世界に飛ばされるなんて……」

口では悲嘆的な言葉を呟《つぶや》いているが、現実世界に対して未練はなかった。

肉親である父は亡くなり、親しい友人も恋人もいない。

あの場所で社畜として働き続けることに、何の魅力も抱いていなかったからだ。

そりゃ、生きていれば素敵な人に出会えて、家庭を築ける可能性もあったが、この年齢になっても独り身な現状では大して希望も見いだせない。

それだったら、いっそのこと何もない異世界で再出発する方がいいんじゃないか。

葬儀を終えて、色々と精神がぐちゃぐちゃになっていることもあってか、こんな無茶苦茶な状況であっても開き直ることができた。

きっと、精神が乱れているからこその思考だろう。冷静になって恐怖心を取り戻したり、動けなくなってしまう前に動こう。

とりあえず、広場にいても仕方がない。さっきから挙動不審の俺を、周りの人が怪しむように見ているのでその場を離れる。

適当に真っすぐに進むと商店街のようなところに入ったのか、やたらと人通りが賑《にぎ》やかになってきた。

俺と同じような姿をしている人間もいるが、金髪や赤髪、青髪、茶髪といった様々な髪色をしている者がいる。

日本のような黒や茶色ばかりではない。顔立ちも彫りが深かったり、俺と同じように彫りが浅かったりと様々だ。

「……まるでゲームのような世界だな」

俺だって男だ。こういうファンタジー風のゲームはいくつもやってきたし、異世界に行ってしまうネット小説なんかも嗜《たしな》んでいた。

現状いる異世界は、まさにそのような創作世界のようで幻想的だった。

「まずはお金を稼がないとな」

何をするにも、まずはお金だ。異世界にきて一番にお金のことを考えるなんて夢がないかもしれないが重要だ。

何かお金を稼ぐことに役立ちそうなことはないか。などと周囲を観察していると、行き交う人々が妙に俺を見ている気がする。

俺の黒髪が珍しいのか？　などと思ったが、視線は俺の服装に向かっている気がする。

「もしかして、今の俺の服装はかなり浮いている？」

今の俺の服装は喪服だ。

現代日本であればそこまで浮くことはないが、周囲を見たところこのような服を着ている者はいない。

「まずはこの服を売って、街に馴染《なじ》めるようなものを買った方がいいな」

このままではゆっくりと情報を集めることもできない。

服屋を探して歩いてみると、衣服のイラストが描かれた看板を見つけたのでそこに入ってみる。

「いらっしゃいませ、貴族様。本日はどのようなお洋服をお探しでしょうか？」

すると、恰幅《かっぷく》のいい男性が揉《も》み手《て》をしながら近寄ってきた。

服装だけで貴族だと勘違いされているみたいだ。

この喪服は異世界からすると異質ではあるが、質がいいだけあって、それなりの身分の人の服に見えるようだ。

冷静に見てみると、周囲の人が着ている服が、そこまで上等だとは思えない。汚れたままの服やよれた服を着ている人の方が多いくらいだ。

異質とはいえ、喪服でもそれなりの値段になるだろう。田舎者《いなかもの》だと説明すると、足元を見られそうなので貴族であることを否定しないでおこう。

別にこっちは名乗ってもいないし、それを肯定してもいないので騙《だま》すような真似《まね》にもならないはずだ。

「この服を売って服を買わせていただきたいです」

「……見たところかなり質のいい服ですがよろしいので？」

「問題ないです。いくらになりますか？」

「これだけ生地がよく、イタミもないと金貨四十枚でいかがでしょう？」

「うーん……」

正直、この世界の貨幣価値について把握していない事に気付いたので、高いのか低いのかわからない。

それで唸《うな》っていただけなのだが、店主は渋っていると勘違いしたようだ。

「でしたら、金貨四十五枚！」

「もう一声ほしいですね」

「金貨五十枚！　これ以上は他の店でも同じかと！」

「では、それでお願いします」

「ありがとうございます」

本当はこれ以上高く買い取ってくれる店があるのかもしれないが、今の俺にはその店を探せるような情報もない。

今はそれよりも元手となる資金が必要だった。

ゲーム内でも金貨はそれなりの金額に位置付けされるもののはずだ。そこまで低い金額ではないだろう。

「それとこの街に溶け込める一般的な服を見繕ってくれますか？」

「かしこまりました。すぐにお持ちします！」

そう頼むと、店主は慌ただしく移動していくつかの服をかき集める。

後は店主のおすすめの服を着れば、この街にも問題なく溶け込めるだろう。

そう言えば、普通に異世界でも会話が成立しているし、文字も読めるな。

俺を異世界に飛ばした神的な存在が、適応できるようにしてくれたのか。

数少ない言葉を思い出すと、何かしらの力は与えられている気がする。

落ち着いたらその事についても確かめないとな……。

第二話　適性魔法

喪服を売り払って手に入れたお金で、俺はこの街に溶け込めることのできる一般的な服を手に入れた。

少しごわついた麻のような生地のシャツにベスト。それに長ズボンや革でできた靴。

通りに行き交う人間の男性も纏《まと》っているような一般的な服装だ。

一式そろえて銀貨五枚と銅貨五枚。

手元にあるのは金貨四十九枚、銀貨四枚と銅貨五枚だ。

これがこの世界でどの程度の金額なのかもわからない。

貨幣の価値がわからないとやりくりができないので非常に困る。

まずはお金の価値を知らないと。しかし、問題はそれを誰から聞くかだ。

考えてみてほしい。二十七歳の大人が百円玉を差し出して、これはどれくらいの価値があるかと尋ねてくる光景を。前世でそんな大人に遭遇したら、絶対にヤバイ奴《やっ》だと思う。

少なくとも俺ならドン引きする。

「……あの、お花いりませんか？」

どうやって貨幣の価値を把握するかを考えていると、ズボンの裾を引っ張られた。

思わず視線をやると、そこにはバスケットにたくさんの花を摘んだ幼女がいた。

年齢にして六歳くらい。どこか舌足らずな言葉が何とも愛らしい。

……しっかりした大人ならお金の価値を尋ねたらドン引きかもしれないが、幼女なら大丈夫かもしれない。

チャンスだと感じた俺は腰をかがめて、幼女と目線を合わせる。

「お花を買ってあげるかわりに、ちょっと聞きたいことがあるんだけどいいかい？」

「本当？　じゃあ、先にお花を買って！　そしたら、何でも答えてあげる！」

幼女は意外としっかりとしていた。情報が欲しいなら先に品物を買えと要求。

「わかった。一本いくらだい？」

「青銅貨二枚」

もしかしたら、ぼったくられている可能性もあるが情報のためだ。

銅貨一枚を差し出すと、青銅貨八枚が返ってきた。

ということは、青銅貨十枚で銅貨一枚の価値なのか？

「質問に答えてくれるかい？」

「うん、いいよ」

「じゃあ、俺にお金の価値を教えてくれるかな？」

「そんなことでいいの？」

「うん、教えてくれると助かるな」

「わかった！」

俺の予想通り、幼女は大人と違って警戒心を露《あら》わにすることなくスラスラと答えてくれた。

幼女故《ゆえ》にやや説明にまとまりがなかったが、それらの情報をかき集めるとこんな感じだ。

白金貨一枚＝十万円

金貨一枚＝一万円

銀貨一枚＝千円

銅貨一枚＝百円

青銅貨一枚＝十円

といった価値で十進法らしい。

となると、俺の手持ち資金は日本円で四十九万四千四百八十円ということになる。

一食の一般的な値段は銅貨五枚以内で賄《まかな》うことができることを考えると、それなりの資金だ。

どうやら喪服は、異世界で生活を始めるいい資金になってくれたようだ。

懐が温かいとはいえないが、宿に泊まりながら十分に活動していくことはできるだろう。

「もう聞きたいことはない？」

色々と説明しているといい気分になったのであろう。幼女がもっと聞いてほしそうな態度で聞いてくる。

「次はこの国と街の名前を教えてほしいな」

「ここはアルデウス王国の王都ゼラールだよ」

やはり、聞いたことのない地名が出てきた。

地理に詳しいとはいえないが、そんな国名と都市は知らないな。

「日本っていう国は知ってるかい？」

「にほん？　知らないよー」

試しに元の世界の国名を尋ねてみたが、聞いたことがないような素振りだ。

知らない以上、帰る術《すべ》も知らないだろう。

幼女の知識には限界があるとはいえ、すぐに帰れないだろうし、帰るつもりも今となってはないけど。

「最後にこの街で働ける場所を探しているんだけど、仕事を紹介してくれる施設とかはない？」

「おじさん、無職なの？」

「……あ、ああ、ここにやってきたばかりの旅人だからね」

幼女の無職という言葉より、おじさんと呼ばれたことの方がショックだった。

二十七歳というのは前世でもおじさんに差し掛かるか、掛からないかという際どい年齢とはいえ、実際に言われてみると結構ショックだった。

旅人などと名乗ったのは、無職というショックワードを軽減するために無意識に出た言葉だった。

「仕事が欲しいなら冒険者ギルドに行って、冒険者になるといいよ！」

「……冒険者って、あの依頼をこなしてお金を貰《もら》う何でも屋のこと？」

「うん！　男なら魔物を倒して一攫千金《いっかくせんきん》だってパパが言ってた！」

幼女の父親は冒険者なのかもしれない。

この世界にはファンタジー世界でもおなじみの魔物や冒険者が存在して、それは誰でもなれる職業のようだ。

困ったらそこで冒険者になって依頼をこなせばいいと幼女がアドバイスしてくれる。

「わかった。ひとまず、冒険者ギルドに行ってくるよ。どこにあるか教えてくれるかい？」

「いいよ！」

◆

花売りの幼女のアドバイスに従って、俺は冒険者ギルドらしき建物にやってきていた。

大通りに面している二階建ての建物。

中から聞こえてくる野太い声にビビりながらも、中に入ってみる。

ギルド内は割と広い造りをしており、中央には受付らしきカウンターがある。

そこでは武装をしたたくましい男女が何組か手続きをしていた。

端っこの掲示板では様々な依頼書が張り出されており、真剣な様子で見ている人たちがいる。

併設された酒場では昼間にもかかわらず、いかつい男が酒を酌み交わして騒いでいるのが見えた。

中には新しく入ってきた俺に値踏みするような視線を向けてくる人もいる。

正直に言ってすごく怖いけど、おどおどしていると余計に絡まれるだけなので敢《あ》えて堂々としていく。

不良たちがたむろしているコンビニ前を通るようなものだ。何気ない態度で歩いていけばいい。

そんな精神で受付に向かうと、受付嬢が笑顔で声をかけてくれた。

「いらっしゃいませ、冒険者ギルドにどのようなご用でしょうか？」

橙色《だいだいいろ》の髪をアップでまとめた女性。頭頂部には丸みを帯びたクマのような耳が生えている。

獣人という種族だろう。

まじまじと見つめたくなるが失礼なので、全力で視線を逸《そ》らして用件を伝える。

「冒険者になりにきました」

「冒険者登録をご希望ですね。冒険者についてのご説明は必要でしょうか？」

「念のためにお願いいたします」

ゲームやネット小説だけの知識しかないので、しっかりと聞いておくことにする。

「かしこまりました！」

冒険者にはS、A、B、C、D、E、Fとランクがあり、依頼をこなしたり、何かしらの成果を上げることで昇格していく。

頂点であるSランクは国に数人しかいないほどの実力者のようだ。

依頼は、落とし物探しや街の掃除、届け物と簡単な仕事から始まり、成果を上げると素材の採取、魔物の討伐、捕獲、探索、護衛といった難易度の高いものも受けられるようになる。

ちなみにパーティーメンバーの実力と職員の認可で上のランクに挑戦することもできるようだ。

他にも色々と規則や注意を受けるが、ギルド内で乱暴はしない、物を盗んだりしないなどという初歩的なことばかりだった。

「冒険者についての説明は以上になります。他に質問がなければ、銅貨五枚の登録手数料を支払っていただき手続きに入りますがよろしいでしょうか？」

「はい、お願いします」

細々とした疑問はあるが、いきなりそれを聞いても仕方がない。

まずは登録して、お金を稼げるようにならないとな。

「では、こちらの水晶に手をかざしてください」

登録料を支払うと、受付嬢はカウンターに青い水晶を乗せてきた。

「これは？」

「冒険者の情報を登録するためのものです。これらは各地にある冒険者ギルドにも設置されていて、登録された情報をどこでも閲覧することができるんです」

「それはすごく便利ですね。どういう仕組みなんです？」

簡易的なネットワークのようなものじゃないか。一体、どういう原理なのか。

「申し訳ございません。それをお教えすることは……」

「ですよね。変なこと聞いてしまってすみません」

「いえ、ぶっちゃけ私もよく知りませんから」

サラリと漏れる受付嬢の本音にずっこけそうになる。

仮に知っていたとしても、企業秘密に当たるものを聞いても教えてくれないのは当然だろうな。

「では、手をかざしてください。それだけでお客様の情報が表示されますので」

「わかりました」

受付嬢に促されて、俺は水晶の上に手をかざす。
すると、水晶が輝きだして文字が表記された。

フタエ＝クレト　人間　二十七歳

ランク　Ｆ

適性魔法　空間魔法

第三話　空間魔法でどこまでも

水晶に手をかざすと名前、種族、年齢やランクが表示された。

その中で気になったキーワードは適性魔法というもの。

「……空間魔法？」

そう呟《つぶや》いた瞬間、身体に電流が走ったような感覚がした。

ついさっきまで何かわからなかった空間魔法だが、今ではその使い方や効果がハッキリとわかる。

まるで最初から刻み付けられていたかのように。

今まで体内で眠っていたけど、それが起動して情報がインストールされたかのようだった。

それに付随して、この世界における力である魔力や魔法に関する情報も入っていた。

ドッと情報が入ってきて、ちょっと気持ち悪い。

「空間魔法？　なんでしょう？　聞いたことのない魔法です」

受付嬢は知らないのか、空間魔法という単語を見て不思議そうに首を傾《かし》げていた。

「ルミナさん。新しく登録した人の適性魔法に空間魔法って出たんですけど、わかります？」

「なにそれ？　一般的な火、水、土、風、闇、光、無のどれにも当てはまらないじゃない」

「ですよね。こんな魔法前代未聞なんですが……」

思わず同僚に声をかける受付嬢であるが、その人も知らないようだ。

無理もない。このような魔法は、通常なら授かることのない魔法だ。

これを授かった原因は間違いなく、俺をこの異世界に招いた存在だ。

神なのか何なのかもわからない奴《やつ》だけど。この魔法の特性と言葉を思い出す限り、そうとしか思えない。

「ギルドマスターなら何かわかりますかね？」

「でも、今は出張でいないわよ？」

「あの、登録を進めてもらえますか？」

なんだかお偉いさんを呼ぶような流れになっているが、こちらとしてはとにかく登録を進めてもらいたいところだ。

「……どうしましょう？」

「別にいいんじゃない？　悪いことをしたわけでもないし、適性魔法が変わっているからといって登録できない規則はないから」

「そ、そうですよね」

さっぱりとした公務員のような同僚の言葉を受けて、獣人の受付嬢は登録を進めることにしたようだ。

そのまま受付嬢は手続きを進めてくれる。

「こちらがFランク冒険者を証明するプレートになります。依頼を受けている時は通行税が免除になります。紛失すると銀貨三枚の罰金となりますのでご注意ください」

「わかりました」

差し出されたプレートを受け取ると青銅だった。

恐らく貨幣と同じ材質のものを使っているのだろう。貨幣のように質が上がっていくのでわかりやすい。

「これでクレトさんの冒険者登録は完了しました。早速、なにか依頼を受けますか？」

「いえ、準備をしてから改めて受けにきます」

まずはこの空間魔法というものを把握してからじゃないとな。

だが、この魔法があれば恐らく仕事にあぶれることはなさそうだ。焦る必要はない。

「かしこまりました。クレトさんのこれからのご活躍に期待しております」

◆

冒険者ギルドで登録した俺は、自分の魔法について把握するべく人気《ひとけ》のない路地にきていた。

空間魔法とは、魔力を利用して空間を操る魔法である。

空間を操作すると、それは現実へと影響を及ぼすことにもなる。

知識の中に入ってきた空間魔法を早速使用してみることにする。

「空間斬《くうかんざん》」

何もない目の前の空間を切り取るようなイメージで魔法を発動すると、指定した空間が切れた。

パッカリと割れ目のようなものが見えており、その奥には様々な色が合わさった暗い空間が見えている。次元の狭間《はざま》のようなものか。

今度は何もない空間ではなく、放置されている腐りかけの樽《たる》に向けて発動してみる。

すると、空間上にあった樽は綺麗《きれい》に斬り裂かれてしまった。

やはり空間上にあるものにしっかりと影響があるらしい。

地面にも試してみると、石畳《いしだたみ》であろうと問答無用で斬り裂かれた。

「空間歪曲《わいきょく》」

今度は空間を捻《ね》じ曲《ま》げるようなイメージで発動すると、空間がぐにゃりと捻じ曲がる。

空間が捻じ曲がったせいで奥にある景色まで滅茶苦茶《めちゃくちゃ》だ。

まるで度数の合っていない眼鏡をかけているような感じである。

先程切断した樽に合わせると、空間に合わせて樽本体もバキバキと捻じ曲がった。

ブラックホールに吸い込まれたかのような現象だ。

「……反則過ぎる魔法だ」

空間そのものに作用するために、そこにある物質がどれだけ硬質であろうとお構いなし。どれだけ立派な鎧《よろい》を纏《まと》おうが、防御を固めようが、堅牢《けんろう》な砦《とりで》に籠《こも》ろうが空間に干渉してしまえば意味はなさない。

恐らく、俺と同じように空間を操る魔法を習得していないと防御不可能だろう。

「こんな魔法を与えて、異世界に放り込むなんて何を考えているんだ？」

名や姿さえも見た事のない存在のことを思いながら呟く。

神的な存在は一体俺に何をしろというのか。

この反則的な魔法を使って、この世界でのし上がれとでもいうのか。

しかし、そんな使命のようなものは与えられていない。

強いていえば……。

『遠くに行けるだけの力は与えた。あとは好きに生きるがいい』

遠くに行けるだけの力。それって空間魔法のことなのか？

空間魔法の中には瞬時に距離を移動できる転移がある。

確かにその力があれば、遠くだろうと瞬時に行くことができる。

視線を上げてみると、対角線上の離れたところに三階建ての民家の屋根が見える。

その屋根の上の空間を思い描くと、自身の身体を光が包み込んだ。

そして、俺は人気のない路地から三階建ての屋根の上へと移動することに成功した。

「……本当に一瞬で移動することができる」

瞬時に目的地に移動することができるのが信じられない。

前世でも、このような力があればと何度も夢想した。そんな力が異世界で現実のものになるとは……。

眼下では楽しそうに通りを歩いている人間や、退屈そうに欠伸《あくび》を漏らすエルフの露店売り、荷車を引いて野菜を運ぶ獣人といった人々の営みが俯瞰《ふかん》できた。

「もっと眺めのいいところに移動したい」

民家の屋根の上では満足できず精一杯周囲を見渡すと、遠くで鐘の設置された建物が見えた。

ざっと見たところ高さが抜きんでている。高さ八十メートルくらいあるんじゃないだろうか。

あの鐘塔《しょうとう》ならゼラールを一望することができそうだ。

鐘の真下の空間をしっかりとイメージして転移。

すると、瞬時に視界が切り替わって鐘塔の中に移動することができた。

「おっと、さすがに高いけど見晴らしがいいな！」

あまりの高さに着地した瞬間に足が震えた。

だけど、鐘塔から見渡せる光景はそれを吹き飛ばすほどだった。

さっきのように通りを行き交う人の様子がよく見えるわけではないが、王都全体を見渡すことが

できる。

こうやって王都を見下ろしてみると、意外と整然とした造りになっているのがよくわかった。不規則なようで規則性があり、外観だけでなく機能的にも美しい。設計した人は天才だ。

さっき登録したばかりの冒険者ギルドだって見えている。

王都を囲う城壁よりも高い故《ゆえ》に、王都の外に広がっている光景もよく見えた。

どこまでも続く街道に緑一色の広大な平原。彼方《かなた》の方では若干霞《かす》んでいるが山々すらも見えている。

発展した街並みの外には、雄大な自然が広がっていた。

ここには高層ビルや自動車や電車などもない。

煩《わずら》わしいと思っていた会社や、上辺だけの窮屈な人間関係もない。

この魔法があれば、どこにだって行くことができる。

そう思うと、とてもワクワクしてきた。

まさに謎の声の主が言う通り、遠くに行って好きに生きろということなのだろう。

声の主の意図はわからないが、それが一番しっくりしているように思えた。

「あんたの言う通り、この魔法を使って異世界で好きに生きてみることにするよ」

何せ、この力があればどこにだって行ける。可能性は無限大だな。

第四話　転移で届け物

王都の中心部にあるそこそこ見栄えのする宿屋で異世界初日を明かした俺は、翌朝冒険者ギルドにやってきていた。

空間魔法についての把握ができたので、何か手頃な依頼をこなしてお金を稼ぐためである。

王都を少し歩いただけなので絶対とはいえないが、恐らくこの世界はそれほど交通が発達していない。

人々は大概徒歩で移動しており、精々が馬や馬車といったものに乗って移動する程度。

前世のように自動車や自転車があるわけでもないし、電車や新幹線で通っているようにも見えない。飛行機だってない。

ここはファンタジーな異世界。魔法の力や屈強な魔物がそれらの役目をはたしている場合もあるが、前世のように誰でも気軽にどこにでも行けるわけではないだろう。

そうなると、転移で瞬時に場所を移動できる俺は、大きなアドバンテージだ。

何せ移動がままならない世界だ。あっちこっちで品物を買い取り、売《う》り捌《さば》くだけで簡単に儲《もう》けることができる。

しかし、異世界の知識がまったくないまま、商人のような真似《まね》をするのは危険だ。

何せ俺には何が売れるかも、どこに何があるかもわからない。

今は知識を得ながらお金を稼ぎ、人脈を形成して準備を進めるのが一番だろう。

そういうわけで、俺は依頼をこなしながら勉強をするつもりだ。

冒険者ギルドの中は今日もたくさんの冒険者がいる。

併設された酒場では朝食を口にしながら真剣に話し合うグループが何組も見受けられた。

通常ではあのようにパーティーを組んで、依頼をこなしていくものなのだろう。

初心者である俺もそれを見習うべきであるが、転移で瞬時に移動することのできる俺からすればデメリットの方が大きかった。

俺の魔法は個人だけでなく複数人も転移できるみたいであるが、俺個人の都合や事情を考えると一人の方が何かと好都合なのである。

まあ、どちらにせよまともな武器や防具すら纏《まと》ってない、駆け出し丸出しの冒険者と組みたいと思うような人はいないと思うけどね。

自虐的な思いを抱きつつも、俺は一人で掲示板を眺める。

そこには多種多様な依頼が張り出されていた。

それこそゲームで定番ともいえるゴブリン、オーク、スライムといった魔物の討伐から、街や村へと移動する商隊の護衛。薬草や果物、木の実の採取依頼。

王都の施設の掃除や荷運び、迷い犬探し。

「……本当に色々な依頼があるもんだな」

まさしく何でも屋と言うに相応《ふさわ》しい幅広い依頼が張り出されていた。

とはいえ、俺が受けられる依頼はFランクの依頼のみ。

そうなると受けられるものはかなり絞られており、受けられる討伐依頼はほとんどない。

依頼のほとんどが近場での採取で、それ以外だと街での荷運び、掃除、手紙の配達といった雑用のようなものが圧倒的であった。

駆け出し冒険者はこういったものをこなしていき、知識や人脈、腕を磨いてEランクを目指し、討伐依頼を受けるものなのだろう。

それに対して何ら異論はなかった。元より、こちらと平和な世界で生きてきた一般人だ。

反則的な魔法を持っていようが、いきなり魔物を討伐しに行くような勇気は持ち合わせていなかった。

地道に雑用依頼をこなしていこう。

その中で俺が目をつけたのはお届け物の依頼だ。

荷物を届けるだけの簡単な依頼。依頼額は大して高いものではないが、数をこなせばいい。

移動時間が一番ネックなのだが、空間魔法で転移できる俺からすれば何も問題はなかった。

むしろ、情報を集めながら荒稼ぎできるだろう。

届け物の依頼を五つほど手に取って、受付に歩いていく。

すると、今日もクマ耳を生やした受付のお姉さんがいた。

「おはようございます、クレトさん。今日は依頼を受けるんですか？」

「はい、こちらの依頼をお願いします」

さすがに昨日、登録したこともあって名前を覚えてくれていたみたいだ。

ちょっとした嬉《うれ》しさを覚えつつも、受注する依頼書を提出。

すると、にこやかな笑顔を浮かべていた受付嬢が微妙な顔をした。

「……あの、クレトさん。五つも受けられるんですか？」

「はい、そうです」

「確かにこういった依頼を複数こなすのは悪いことではありませんが、いきなりこれだけの数を受けるのはリスクが大きいと思いますよ？　期日までに間に合わないと罰金が発生してしまいますので。面倒かと思いますが、依頼を達成して適宜《てきぎ》ギルドに戻ってきて受注された方が……」

「大丈夫です。足には自信がありますから」

きっぱりと告げると、受付嬢は困ったような笑みを浮かべた。

彼女がそう言うということは、実際これだけの数をこなすのはかなりきついのだろうな。

だが、俺には転移魔法がある。たとえ、距離が離れていようと問題はない。

「それでも、この配達地点となると厳しいですよ。荷物もかなりの量ですし、往復することを考えると不可能です。達成できない依頼を受けさせることは職員としてもできません」

しかし、そんな俺の事情を知らない受付嬢は首を縦に振ってくれなかった。

しっかりとしているのは組織として素晴らしいが、ちょっと面倒くさい。

「……わかりました。では、こちらの二つだけ受けることにします」

「はい、それならば問題なくこなせると思います。それでは受注の手続きに入りますね！」

譲歩すると、受付嬢はホッとしたような笑みを浮かべて手続きを進めてくれた。

実績がない者が無理を言っても仕方がない。

まずは実績を示してから一気に受けることにしよう。遠回りのようであるが、その方が近道だからな。

◆

俺が冒険者ギルドで受けた依頼は二つ。

一つ目は、ブロムというご老人の依頼で、離れたところに住んでいる家族のところにイスを届けること。

二つ目は、王都にある商会の本店から、反対側にある支店に品物を届けること。

まずは一つ目の依頼をこなすことにした。

「依頼人の家は南区画で、届け先の家は東区画か……」

まずは依頼人の住んでいる家に向かってイスを受け取ることだな。

冒険者ギルドの周辺しか移動していない俺からすれば、そこがどこかもわからないが転移を使えば問題はない。

まずはそびえ立つ鐘塔《しょうとう》に転移。

そこから依頼人の家があるだろう南区画を見渡して、依頼書に書かれている地図と睨《にら》めっこ。

「大体、あの辺りだな」

目的地に当たりをつけると転移を発動。

あっという間に南区画にある建物の屋根に転移する。

一度行ったことがなければ転移できないので、このような手段をとらなければいけないが、それは最初だけだ。一度行ってしまえば問題はない。

届け物の依頼をこなす度に、転移で行ける範囲も増えるので一石二鳥だ。

「あった！　この家だ！」

依頼書に書かれていた家の特徴と合致するものを見つけた。

王都の中央にある冒険者ギルドから、ここまで一分も経過していない。

鐘塔から見た限り、数キロはあるような距離だったのでまともに歩いて向かえば、かなりの時間が経過していただろう。

　速やかに扉をノックすると、中からお爺さんが出てきた。

「すみません、届け物の依頼を受けた冒険者です」

　怪訝《けげん》な顔をしていたお爺さんであるが、依頼書をしっかりと提示するとにっこりと笑った。

「おお、早速受けにきてくれたのか。届けてもらいたいイスは庭に置いている。それを孫娘の家に届けてくれ」

「わかりました！」

　お爺さんの指した先にあるのは大きめのイス二脚。これを届ければいいらしい。

　成人男性であれば、二脚を同時に持つことくらい訳ないが徒歩で持っていくには面倒だろうな。

　だが、俺には関係ない。

「では、行って参ります」

「頼んだぞ」

　イスを二脚持ち上げた俺は、家の敷地内から出ていく。

「亜空間収納」

　それから空間魔法を発動させると、亜空間が開いた。

　これは空間魔法の一つである収納だ。この亜空間の中では時間という概念はなく、物質であればどのような大きさのものでも劣化することなく収納することができるのだ。

ゲームでいう、アイテムボックスやマジックバッグのようなものだ。

これがあれば、どんな物でも手軽に運ぶことができる。

そこにイスを二脚放り込むと重さなんて関係ない。

手ぶらになると、俺は転移を発動。

中心部にある鐘塔に戻ってくると、記憶にある地図を思い浮かべて東区画を見据える。

さっきと同じように大まかに東区画に転移をし、目的地らしい建物を見つけるまで転移を繰り返す。

「ここだな」

少し届け先の家を割り出すのに手間取ったが、五分もかかっていない。

扉の前で亜空間に収納したイスを二脚取り出して準備万端だ。

ノックすると若い女性が出てきた。

髪色がブロムさんと同じだし、目元がどことなく似ている。

「すみません、届け物の依頼を受けた冒険者です。ブロムさんから頼まれて、イスを二脚お届けにきました」

「ああ、お爺ちゃんがこの間言っていたイスね！　届けてくれてありがとう！」

ブロムさんのサイン入った依頼書を渡すと、女性は慣れた様子で受け取りのサインを書いてくれた。

宅配便などが発達していない王都では、このように冒険者がその役割を担うことが珍しくないのだろうな。

しかし、仕事中にこのように礼を言われるのはいつ振りであろうか。基本的にデスクワークが多かったし、上司は労《ねぎら》うことができない人種であった。

このように人に感謝されたのは随分久し振りで気恥ずかしく思えた。でも、やはり嬉しいものだ。

「いえいえ、では失礼いたします」

依頼主と届け先の主のサインをギルドに提出すれば、依頼は達成。

これで一つ目の依頼は完了したも同然だ。

まだ転移できる範囲は少ないせいで時間がかかったが、冒険者ギルドを出てから十分も経過していない。

これから依頼をこなして、たくさんの場所に行けばもっと効率は上がる。

そうなれば、二分以内に依頼を一つこなすことも難しくないだろうな。

「よし、次の依頼主の場所に向かうとするか！」

俺は二つ目の依頼書を確認し、再び転移を発動させるのであった。

第五話　王都の外へお届け

亜空間収納と転移を駆使することにより、俺は二つ目の依頼も五分も経過しない内に終わらすことができたのでギルドに報告にきた。

「クレトさん、どうかされました？　もしかして、道がわからないとか？」

どうやらあまりにも早く帰ってきたので、道に迷ったとでも思われているらしい。

これだけ早く帰れば、そう思われてしまうのも仕方がないか。

「いえ、依頼を達成したのでその報告にきました」

「ええ？　まだ出発して十五分も経《た》っていませんよ？」

「それでも終わってしまったので。ここに依頼主たちのサインがあります」

「確かに終わっています……」

サインの書かれた依頼書を見せると、受付嬢は信じられないとばかりに言葉を漏らした。

「これで依頼達成ということでいいですよね？」

「ちょ、ちょっと待ってください！　クレトさんの達成速度が常識外れ過ぎます！　大変失礼ですが、一度確かめさせて頂けますでしょうか？」

通常ならば二つの依頼で半日は溶けてしまう作業量だ。それを十五分程度で終わらせてきたというのだ、何かズルをしていないかと思ってしまうのも無理もない。

ここで変に拒絶しても、ややこしくなって余計に時間がかかるだけだな。

「構いませんよ。では、届け先のところまですぐにお連れしますので付いてきてくれませんか？」

「え？　すぐって一体どういうことですか……？」

戸惑う受付嬢をギルドから連れ出すと、ブロムさんのお孫さんの自宅を思い浮かべて複数転移を発動。

俺と受付嬢の身体《からだ》を光が包み込んだと思ったら、視界は既にお孫さんの自宅前に到着していた。

「はえっ⁉　ギルドの近くにいたのに、いつの間にか違う場所に⁉」

転移で景色が切り替わったことに受付嬢が驚いて間抜けな声を上げる。

「ここは東区画の住宅街？」

受付嬢は周囲を見渡した後、おそるおそるといった風に呟《つぶや》いた。

土地勘があるだけあって転移させられようが、おおよその場所は把握できるようだ。

「はい、一つ目の依頼の届け先です」

「確かに依頼書に書かれていた通りの。でも、一体どうやってこんなすぐに移動を……」

「これが俺の空間魔法ですよ。この力で俺は移動を繰り返して依頼をこなしました」

「……なんですかそれ。滅茶苦茶《めちゃくちゃ》過ぎます」

迅速に依頼を達成した種明かしをすると、受付嬢が呆然《ぼうぜん》とした表情を浮かべた。

「念のために届け物が届いているか確認しますか?」

「一応、尋ねてみます」

受付嬢がそう言うので、俺は再び扉をノックする。

すると、程なくして先程と同じブロムさんの孫娘さんが出てきた。

「あなたはさっきの冒険者さん?　どうかしたの?」

「すみません。実はこの依頼が初めてだったものでギルドの職員さんが念のために達成できているかを確認したいと」

「そ、そういうことです」

スラッと流れ出る嘘《うそ》に受付嬢が引きつっていたが、何とか意図を汲《く》んで頷《うなず》いてくれた。

だって、不正をしていないか確かめるためにきましたなんて言いにくいだろうから。

「あら、そうだったの?　ギルドの職員も大変ね」

「恐れ入ります。それで依頼の方はいかがだったでしょう?」

「彼は届け物に傷ひとつつけた様子もなく、きちんと届けてくれたわよ?　なんなら直接確かめる?」

「いえ、そのお言葉だけで十分です。ご協力ありがとうございます」

受付嬢と俺は軽く頭を下げると、その場を立ち去る。

そして、さっきと同じように複数転移で冒険者ギルドの近くに戻ってきた。

「これで俺が問題なく依頼を達成していることは確認できましたよね？」

「そうですね。こんな便利な魔法があるなんて……」

どこか乾いた笑みを浮かべる受付嬢。

便利過ぎる魔法に言葉がこれ以上出ないようだ。

「二つ目の届け先にも転移して達成を確かめに行きますか？」

「……いえ、もういいです。きちんとサインもありますので」

「では、そういうことなので他の依頼を受けさせてください」

「……わ、わかりました」

少し面倒ではあったが、これから依頼を受けていくことを考えれば職員に説明しておいて損はない。むしろ、やりやすくなるだろう。

それに複数人での転移も試せたし、悪いことばかりではなかったな。

冒険者ギルドに戻った俺は、その後すぐに他の届け物の依頼を受けて完遂したのであった。

◆

転移で届け物の依頼をこなしまくること数日。

俺は今日も今日とてギルドを訪れて、届け物の依頼をこなそうとしていた。

色々な場所に行くことによって瞬時に移動できる範囲が広がる。さらにお金も貰《もら》えるので王都内での届け物の依頼は俺にとって安全で堅実に稼げる仕事だった。

簡単な雑用依頼なのでランクアップするための査定値は低いだろうが、数をこなせばEランクに上がることは難しくない。塵《ちり》も積もれば山となるってやつだな。

「クレトさん、ちょっとこちらに来てください！」

依頼の張り出された掲示板を見に行こうとすると、受付嬢に呼び出されてしまった。

なんだか最初に冒険者登録をし、転移を見せてからすっかり俺の担当っぽい位置付けになっている。

この間、違う受付嬢のところに並んだら「担当が違う」とお役所さんのような言葉を告げられてしまったし。

「えーっと……」

「クーシャです」

どうやら俺を担当しているクマ耳の受付嬢はクーシャという名前だったらしい。地味に今初めて知った。

「クーシャさん、何のご用ですか？」

「クレトさん、今日も王都内の届け物依頼を受けるつもりですか？」

「そのつもりですが？」

「今日は王都内のものではなく、王都外の届け物依頼を受けてもらえないでしょうか？」

「どうしてです？」

高いランクになると指名依頼のようなものが発生することもあるが、Ｆランクである俺とは無関係だ。

それにどのような依頼を選ぼうとも冒険者の自由のはずだが。

「クレトさんが届け物の依頼をこなし過ぎると、他の駆け出し冒険者の依頼がなくなってしまうのです」

「あー、なるほど」

届け物依頼といっても、低ランクの者にとっては貴重な収入源だ。

それを俺が転移で一日に二十や三十もこなしてしまうと、他の冒険者が受ける依頼がなくなってしまうか。

「逆に言えば、王都の外に行くものであれば、いくら数をこなそうとも影響することはないので、存分にこなして頂けると助かります」

「王都の外ですか……」

王都の外にも興味はあるのだが、人を襲うという魔物のことを考えると少し二の足を踏んでしまうな。

空間魔法なんて反則的な魔法があるから大丈夫だとわかってはいるのだが。

「その代わりと言ってはなんですが、次の依頼をこなせばクレトさんをランクアップに推薦したいと思います」

「本当ですか？」

クーシャがチラつかせるわかりやすい餌《えさ》に俺の心が揺れ動く。

「はい！　Eランクになれば受注できる依頼も増えますし、お金もたくさん稼げますよ！」

社畜として底辺で働いていた経歴が長いせいか、昇進、お賃金のアップという魅力的な単語をチラつかされると弱いものである。

クーシャの甘い言葉により、俺はすっかりと王都の外に行く気分になっていた。

「わかりました！　では、王都外への届け物依頼を受けることにします！」

「ありがとうございます！」

そうやって俺は、異世界にきて初めて王都の外に出ることになった。

第六話　ハウリン村への到着

クーシャがオススメしてくれた依頼は、ハウリン村という場所に手紙とお金を届けることであった。

手紙だけならまだしも、お金がセットとなると中々に気が抜けないものだ。いや、他の荷物でもそれは同じなのだが、やっぱり責任も大きなものだからな。

それもEランクにアップするための試練なのだろう。

王都の南門に行くと、鎧《よろい》をまとった騎士らしきものが確認をしている。

俺は冒険者を証明するためのプレートと依頼書を見せると、出都税もとられることなく王都を出ることができた。

まあ、転移が使えるので俺からすれば無意味なんだけどね。

依頼中であれば、お金をとられることもないので余裕のある時はできるだけ潜《くぐ》ることにしよう。

城門を出て橋を渡り切ると、外にはだだっ広い平原があり、長い道が何十キロと遠くまで続いている。

「いい景色だ」

気持ちのいい緑豊かな光景に心が和む。

これだけの面積のある綺麗《きれい》な平地は前世では、見られることが少ないだろうしな。

景色を堪能《たんのう》しながら進む傍《かたわ》ら、ハウリン村までの地図を確認。

王都からいくつかの街や村を経由した先にあるそうだ。

馬車で向かえば一週間以上はかかる距離。しかし、転移が使える俺ならば、もっと時間を短縮することができる。

「転移」

視界の遥《はる》か彼方《かなた》に見える空間をイメージすると、あっという間に数キロを移動することができた。

ハウリン村には行ったことがないので一息にとはいかないが、これを繰り返していくだけで馬車よりも速く進むことができるだろう。

「地上で転移をするより、上空から俯瞰《ふかん》した方がより遠くまで行けそうだな」

そんな風に転移を繰り返していく中、俺はそのような事に気付いた。

王都の鐘塔《しょうとう》から見渡した時のように転移をすれば、もっと遠くまで転移できることに。

俺は遥か上空をイメージして転移を発動。

すると、上空に転移することができた。

そこから重力に引かれて落下していくが、地面に落ちる前に進みたい方向を見据えてそこに転移すれば問題ない。

「なんだかまるで空を飛んでいるようだ」

実際には空中から空中に転移を繰り返して、平行移動しているだけなのだが空を自在に移動できるのは楽しくて仕方がなかった。

「ギャアアッ⁉」

「おお、悪い」

ここには俺以外誰もおらずってわけでもなく、空を飛んでいた鳥が驚きの悲鳴を上げていた。

こっちも驚きつつも衝突しないように転移。

まさか、空で交通事故に遭いそうになるとは。

あまりにも突拍子もない出来事を体験し、思わず苦笑いしてしまう。

空にだって生き物がいるんだから気を付けないとな。

しばらく、そうやって空中転移を続けていると地上に三体の生き物がたむろしているのが見えた。

緑色の体表をした身長百センチ程度しかない小鬼のような生き物。

「あれはゴブリンか……」

ギルドの掲示板で討伐対象として張り出されているのを見たことがある。

クーシャは、あまりこの街道には魔物が出ないと言っていたがハグレモノなのだろうか。

ゴブリンたちは動物のような動きで街道を徘徊《はいかい》している。

棍棒《こんぼう》を持っているが向こうの攻撃がこちらに届くことはないだろう。

空中にいる俺からすれば、転移で無視すれば問題ない相手。で、あるが自らの攻撃魔法を試すにはいい相手だ。

王都の路地で樽《たる》を相手に使ったことはあったが、実際に生き物に対して使ったことはないしな。

これから王都の外にも届け物をする以上、魔物と遭遇することだってあるだろう。

その時にビビッてしまわないように今の内に少しでも経験を積んでおいた方がいい。

そう思って、俺はゴブリンから少し離れた地上に転移をした。

遠くに人間がいることに気付いたのか、ゴブリンたちはこちらを見ると跳ねて喜ぶ。

「グギャッ！　グギャギャ！」

そこらの動物と変わらないかと思っていたが、だみ声を上げながら細い手足で跳ねる姿に嫌悪感を抱かざるを得なかった。

上空からは顔までは見えなかったが、それほどまでにゴブリンたちの表情は悪意に満ちた醜悪なものだった。話し合える余地などないとわかるほどに。

「空間斬《くうかんざん》」

突撃してくる先頭のゴブリンがいる空間を切断する。

すると、ゴブリンの身体《からだ》が斜めにずれ、上半身と下半身がずり落ちた。

紫色の血液をまき散らして、ドサリと崩れ落ちるゴブリンの身体。

やはり、その空間上にあれば生き物であろうと容赦なく斬り裂かれるようだった。

「グギャアッ⁉」

これには後ろにいた二体のゴブリンも驚き足を止める。

訳もわからないままに仲間が真っ二つになってしまったので無理もない。

今度は仲間の遺体を見て慌てふためくゴブリン二体に狙いを定める。

「空間歪曲《わいきょく》」

空間を捻《ね》じると、ゴブリンの顔がぐにゃりと捻じれて、破砕する音が響き渡った。

二体のゴブリンはビクンと身体を震わせると、そのまま地面に倒れ込んだ。

周囲に他のゴブリンがいないことを確認して近付く。

樽で実験された出来事がそのままゴブリンに反映されていた。

身体を切断されたゴブリンはまだしも、顔を捻じられたゴブリンは酷《ひど》いな。

本来あるべき顔のパーツがあらぬところにいってしまっている。

「あまり見ていて気持ちのいいものじゃないな」

空間魔法という圧倒的な力で安全圏から仕留めただけなので実感が薄いが、はじめて魔物を討伐した。

しかし、前世では動物一匹殺したことのない俺だ。人を襲う魔物とはいえ、命を殺《あや》めることに罪悪感を抱いていた。

でも、この異世界ではそんな感情は邪魔になる。魔物と進んで戦いたいわけではないが、それなりに慣れておかないとな。

「討伐証明の耳だけ切り取っておこう」

空間斬でゴブリンの耳を斬り落とすと、亜空間に放り込んでそのまま移動を再開した。

◆
「お、もしかしてあそこがハウリン村じゃないか？」

太陽が沈みそうな空が茜色《あかねいろ》になる時間帯。

いくつかの街や村を転移ですっ飛ばしてきた俺は、ハウリン村らしきものを見つけた。

上空から俯瞰して見てみると、たくさんの畑が広がっているのが見える。

ぽつりぽつりと民家が建っており、どう考えても建物よりも畑の方が多い。王都のような雑然とした人通りや騒音は皆無な、山や森に囲まれている田舎《いなか》の地だ。

木製の柵に囲まれており、申し訳程度の見晴らし台が建っている。

クーシャに聞いていた通りのハウリン村と一致するな。

出入り口には槍《やり》を掲げた見張り番が立っているので、きちんと地上から入るべきだろう。

急に知らない人が入ってきたら警戒するかもしれないし。

見張りの村人にバレないように地上に転移し、何食わぬ顔をして村に近付く。

すると、槍を持っていた男性がこちらに気付いた。

「おう、旅人か？」

明かに年上っぽい顔立ちだし、槍を掲げていたのでちょっとビビッていたが、かけてくる声は意外と柔らかいものだった。

田舎の村だけあって大らかなのだろうか。

「いえ、王都から依頼を受けてやってきた冒険者のクレトです」

「王都から？　こんな田舎まで珍しいな？　一体なんの依頼でやってきたんだ？」

「手紙とお金のお届け物です」

「差出人は？」

「グレッグさんにテイラーさんですね」

「ああ、あいつらの届け物か。冒険者になって中々帰ってこない癖にそういうところは律儀だな」

送り主のことを知っているのか、男性は感慨深そうに呟《つぶや》いた。

「そうか。クレトが依頼を受けてやってきた冒険者だってことはよくわかった。何もない場所なのによく来てくれたな！」

「いえいえ、それが仕事ですから。あの、よければグレッグさんとテイラーさんの送り先の家まで案内してもらえませんか？」

「それは構わねえけど、今日は止《や》めておきな。もうじき日が暮れるから明日にしとけ」

確かにもうすぐ日が暮れてしまう。夕食時にお邪魔するのは非常に申し訳ないが、俺からすれば届け物を渡せば転移で王都に帰ることができる。

できれば、このままパッと渡してしまいたいのだが。

「ですが……」

「宿ならうちに泊めてやるから遠慮すんな！　さっ、俺の家に行くぞ！　王都の話でも聞かせてくれ！」

ガシッと肩を組んできて歩き出す村人の言葉に、俺は抗《あらが》うことができなかった。

第七話　田舎で一泊

「帰ったぞ！」

「お帰りなさい」

村人に連れられて家の中に入ると、おっとりとした金髪の綺麗《きれい》な女性が出迎えてくれた。

多分、この村人の奥さんだろう。

「あら、そちらの方は？」

当然、旦那の傍《そば》に知らない男性がいれば気になるだろう。

「王都からやってきました冒険者のクレトと申します」

「これは丁寧にどうも。アンドレの妻のステラといいます」

「アンドレさんっていう名前だったんですね」

奥さんの言葉で初めてこの村人の名前を知った。

「んん？　そういえば名乗ってなかったか？」

「あなたのことですから、また強引に泊めてやるって言って連れてきたんでしょう？　すみません、アンドレが無理を言って」

ジトッとした視線をアンドレに向けると、ステラはすぐにこちらに向き直って申し訳なさそうにする。

「いえ、泊めてもらえることはすごく有難《ありがた》かったので気にしないでください」

本当は転移ですぐに戻りたかったので、有難迷惑な部分はあったが泊まると決めた以上は言っても仕方がない。

ステラの口ぶりから外からやってきた人を連れてくることが多いようだ。面倒見がいいんだろうな。

「そうだそうだ。そういうわけでクレトの分の夕食も頼む！」

しかし、当の本人はまるで悪びれた様子はない。

良い意味でも悪い意味でも細かいことを気にしないんだろうな。

「わかりました。ひとまず入ってください」

「お邪魔します」

そんな様子にステラもしょうがないといった様子だったが、すぐに諦めて中に入れてくれた。

なんだかいい夫婦だな。うちでは母親がすぐに亡くなってしまっていたので、こういう夫婦らしい会話を見たことがなかったな。

互いの長所や短所も受け入れている関係がとても羨《うらや》ましく温かい。

アンドレたちの住む家は平屋建てだ。

床は木造で壁は石材でできている。大きなリビングにはテーブルやイスが並べられており、端には暖炉が設置されている。壁には農具が立てかけられ、ちょっとした武器も飾られていた。

この世界の一般的ともいえる家に思わず感心してしまう。元の世界の家とはまったく違うな。

スリッパや裸足《はだし》になる文化はないのか、家の中も完全に土足だ。

靴を履いたまま他人の家に入ることに少しの申し訳なさというか、罪悪感のようなものを覚える。

「そうそう。娘のニーナも紹介しますね」

ステラはそう言うと、奥の部屋に入っていく。

そして、すぐに同じ髪色をした少女をリビングに連れてきた。

年齢は十歳ぐらいだろうか。金色の髪をリボンでくくり、ポニーテールにしている。

クリッとした翡翠《ひすい》色の瞳が綺麗な可愛《かわい》らしい子だ。

「はじめまして、冒険者のクレトといいます。今日はアンドレさんのご厚意でお泊まりさせてもらうことになりました」

「私はニーナ！　よろしくね！」

視線を合わせて挨拶をすると、ニーナはにっこりと笑みを浮かべて歓迎してくれた。

よかった。娘さんが複雑な年ごろや難しい性格じゃなくて。

チッとか舌打ちでもされていたら、すぐに転移で王都に帰るところだった。

「クレトはどこからやってきたの？」

「王都からやってきたよ」

「王都⁉　色々な店や人がたくさんいる都会だよね？」

思いのほか王都に食いついてくるニーナ。

都会に対する憧れのようなものがあるのかもしれない。

「うん、そういう感じだね」

「王都の話聞かせて！」

目を輝かせながら俺の手を引っ張ってイスに誘導するニーナ。

だけど、夕食のお手伝いとかいいのだろうか。

「よろしければ、娘の相手をしてあげてください。こんな田舎だと旅人さんのお話がいい娯楽なのです」

「そういうことであれば」

「アンドレは食事の用意を手伝って。クレトさんをもてなすためにもう少し料理を作りたいから」

「なに⁉」

俺とニーナに交ざって会話するつもりだったアンドレが驚きの声を上げる。

アンドレはすごすごと台所に向かうかと思いきや、スタスタと俺の方にやってきた。

「言っておくがニーナに手を出したり、変なことを吹き込んだらただじゃおかねえぞ？」

……なんだ、ただの親バカか。

◆

「なんだかいい匂い」

「本当だね。この匂いはチーズかな？」

ニーナに王都のことを話していると、台所の方からいい匂いがした。

香ばしい匂いにより、俺たちはすっかりと会話を中断させていた。

「夕食ができたので今持っていきますね」

しばらく、無言で台所の方を窺《うかが》っているとステラのそんな声が。

すっかりお腹《なか》を空《す》かせている俺とニーナは今か今かとそれを待つ。

すると、ステラがミトンをつけて大きな皿を持ってきた。

「今日はいいチーズを貰《もら》ったからグラタンにしてみました」

アンドレが敷いた鍋敷きの上にドンとグラタン皿が置かれる。

皿の縁《ふち》ギリギリにまで盛り上がっているチーズ。未《いま》だにぐつぐつと音を立てており、ところどころにある焦げ目がとても香ばしい匂いを放っている。

表面にはちりばめられたスライスソーセージやキノコ、こんもりと盛り上がったジャガイモなんかが見えている。

　四人で食べるためか大きな皿にぎっしりと詰まっている。

「うわぁ～、美味《おい》しそう！」

「絶対、美味しいやつだね！」

　あまりに美味しそうなグラタンを前に子供であるニーナと同じような反応をしてしまう。

　だって、それぐらい美味しそうなのだ。仕方がない。

「ほい、パンにサラダにトマトスープだ」

　アンドレがパンと彩り豊かなサラダの乗った皿と、野菜がたっぷり入ったスープを碗《わん》に入れて渡してくれる。

「うん？　この肉はなんですか？」

　サラダが盛り付けられている皿には、綺麗に円形に固められた赤いものがあった。

「ああ、それはタタールだ。少し火を入れた肉に味をつけて固めたものだ。新鮮な肉じゃねえとできねえから王都ではあまり見ないだろう？」

「確かにそうですね」

　なるほど、ユッケのようなものか。

　確かにあんまり火を入れないとなると、新鮮なお肉じゃないとできない料理だ。

　王都でも生肉やレアに近い肉料理は少なかった。衛生管理が前世のようにしっかりしていないと気軽に新鮮な食べ物は食べられないしな。

「ニーナ、食器を並べるのを手伝って」

「はーい」

ステラとニーナが食器を用意する中、俺はただ一人テーブルで待機する。

この家について熟知しているわけでもない俺が動き回っても邪魔になるだけだしな。

「ワインは呑《の》める口か？」

敢《あ》えて邪魔をしないように大人しくしていると、アンドレがワイン瓶を持っていい笑顔で尋ねてくる。

その無邪気な顔からしてワインが好きなんだろうな。

「強い方ではないですが呑めますよ」

アンドレがご機嫌な様子でグラスを持ってきて、赤ワインを注いでくれた。

「じゃあ、呑め呑め」

「いい匂いですね」

「お？　わかるか？　ここのブドウ農家はワインに結構うるさい奴《やつ》でな。出来がいいんだ」

宿の食堂だと匂いからして酸っぱいものだった。そう考えるとここのワインは味に期待できそうだ。

にしても、田舎でゆっくりとワイン造りか……そういうのって何だかいいな。

空間魔法という反則的な魔法を持っている俺だが、お金を手に入れた後はどうするのだろう。前世のように働き詰めになる必要がないのは確かだ。

「あなた、夕食の準備ができましたよ」

今後の生き方について考えていると、いつの間にか夕食の準備が整ったらしい。

ステラもニーナもすっかりと席についている。

難しいことを考えるのは今度にしよう。今は俺のために作ってくれた料理と皆と向かい合うべきだ。

第八話　密かな試練

「よし、それじゃあ食うか！　クレト、今日はしっかりと食っていってくれ！」

「ありがとうございます！　乾杯！」

アンドレとワインの入ったグラスをぶつけて乾杯。

澄んだグラスの音がリビングに響き渡る。

そのまま俺とアンドレはグラスをあおる。

「おお、コクがあって呑《の》みやすい！」

アンドレの言う通り、ここのワインは酸味や苦味がちょうどいいバランスで、とても美味《おい》しかった。食堂の呑みにくい妙に酸っぱいワインとは大違いだ。

「だろ？　うちの村のワインは美味《うま》いんだ！」

素直な賞賛の言葉を聞いて、アンドレが自分のことのように喜ぶ。

ただワインが好きだってのもあるだろうけど、単純にハウリン村のことが好きなんだろうな。

アンドレの無邪気な様子を見ていると、そのことがわかる。

「グラタン、盛り付けますね」

「ありがとうございます」

乾杯をしてワインをあおっている間に、ステラが大きなお皿からグラタンをよそって渡してくれた。

せっかくなのでまずはグラタンから頂くことにする。

スプーンでグラタンをすくうと、みょーんとチーズが伸びた。長く糸の引いたそれを巻き取るようにして口に入れる。

熱々ともいっていいグラタンを口の中で転がしながら噛《か》みしめる。

濃厚なチーズがホクホクなジャガイモに絡みついている。ほっこりとしたジャガイモとチーズの相性が悪いはずがない。ほのかにクリームの味もしているし最高だ。

「美味しいです！」

「クレトさんのお口に合ったようでよかったです」

感想を漏らすと、ステラが嬉《うれ》しそうに笑みを浮かべて言う。

「あつっ！」

「大丈夫、ニーナ？　もう少し冷ましてから食べましょうね」

「……うん」

どうやら子供のニーナには少し熱かったようだ。涙目になりながらチビチビと水を飲んでいる。

そんな姿でさえも可愛《かわい》らしい。

「たくさんありますので遠慮なく食べてくださいね」

「はい、ありがとうございます」

なんだか母性のある人なので自分までも子供になってしまったような気分になる。

俺の母さんが生きていたら、こんな笑顔を浮かべたりしたのだろうか。

なんて考えながらグラタンを食べ進めると、シャキッとした歯応《はごた》えがした。

どうやらキノコの他にもタマネギが入っていたようだ。時折、甘いタマネギの味と歯応えがして実にいいアクセントになっている。

焦げ目はパリッとしているし、ステラのグラタンは最高だ。

グラタンを少し食べ進めると、今度は気になっていたタタールとかいう肉ユッケに手を伸ばす。

お肉の上に乗っている黄身をスプーンで潰し、そのまますくって食べてみる。

新鮮な赤身肉の味が広がる。しっかりと下処理がされているからか臭みはまったくない。

軽く混ぜられたスパイスがピリッとくるが、黄身のコクがそれをまろやかにしていた。

「このタタールっていうの美味しいですね！」

「そのままパンに塗って食べても美味しいよ！」

パンに乗せて食べているニーナを真似《まね》して、俺もタタールをパンに乗せて食べる。

「本当だ！　美味しい！」

そう言うと、ニーナは嬉しそうに笑う。

劣化することがなければサンドイッチにして持って帰りたいくらいだ。いや、待てよ。俺の空間魔法なら食料であろうとも可能か。

人の家でご飯を食べて、持ち帰らせてくださいというのも変なのでやめておくが、今度から美味しそうなものを見つけたら片っ端から収納することにしよう。

そんな決意を固めながら箸休めにサラダを口にする。

しかし、それは箸休めでは終わらない代物だった。

「このサラダ、甘くて美味しいですね」

軽く酸味の利いたソースがかかっているが、それがなくてもいけるくらいだ。

「うちの畑で獲《と》れたばかりだからな。瑞々《みずみず》しくて甘いだろう?」

「アンドレさんは畑もやっているんですか?」

「主にステラとニーナが世話してくれているんだけどな。俺はどっちかというと猟師や村の警備が主な仕事だ」

「なるほど。だから、体格がいいんですね」

ハウリン村に入って何人かの村人は見かけたが、その中でアンドレの体格は抜きん出ていたからな。正直、俺よりも冒険者らしい見た目をしていると思う。

「自分の畑を持つかぁ。いいですね」

農業なんてやったことはないが、自分の畑を作って作物を育てることに憧れを感じる。

「おお、クレトもやってみるか？　冒険者なんて辞めて、この村に住んじまえよ！　畑だけじゃなく、狩りも教えてやるぜ？」

「落ち着いたらそういう生活もいいかもしれないですね」

まだ自分の収入も、余裕も確立できていない今では難しいかもしれないが、そういう将来もありかもしれないな。

◆

アンドレの家で夕食を食べた翌日。

俺は朝からアンドレを伴って届け物を渡しに行くことにした。

グレッグとテイラー一家がどこにあるかは不明だったが、アンドレが案内してくれるので問題ない。

朝の涼やかな風が吹く中、俺たちは畑道を進んでいく。

雑然とした気配も騒音もなくとても静かだ。人混《ひとご》みなんかあるはずもなく、急にやってくる馬車を警戒して端に寄る必要もない。

人の気配はあまりなく、遠くから鳥の鳴き声が聞こえていた。

「いい村ですね。ここにいると時間の流れがゆっくりと感じます」

ここではせかせかと働く必要もなく、見栄《みえ》を張る必要もない。ただ、ゆったりとした時間が流れている。

「若い奴《やつ》からすれば、それを退屈に思う奴も多いがな」

「退屈っていうのも一種の贅沢《ぜいたく》ですよ」

前世の頃はその場その場を生きるので必死で、そんな風に思える瞬間があまりなかった。

そう思うと、退屈だなと思えることは幸せなのだと思う。余裕がないと人は退屈だとすら思えないからな。

「考えようによってはそうかもな。その台詞《せりふ》ちょっと気に入ったぜ」

「ここぞってところで使ってやってください」

なんて会話をしながら畑道を進んでいると、いくつか民家が集まっているのが見えた。

そこにたどり着くと、アンドレは足を止めた。

「ここがグレッグとテイラーの実家だぜ」

「隣同士なんですね」

「まあ、だからこそ互いに感化されちまったんだと思うけどな」

ガハハと笑うアンドレ。

グレッグとテイラーは幼馴染《おさななじみ》という奴なのだろう。

そんな二人が村を飛び出して冒険者になる。そんなドラマチックに思える出来事であるが、この世界の人からすればありふれたものなのだろうな。

「とりあえず、呼ぶぜ？」

「お願いします」

急に俺が呼び出すよりも、顔なじみのアンドレが呼んだ方が警戒されないしな。

アンドレがそれぞれの家をノックして説明すると、神経質そうな顔をした男性と、ぽっちゃりとしたおばさんが出てきた。

「グレッグの父だ」

「テイラーの母だよ」

「王都で届け物の依頼を受けてやってきました冒険者のクレトです。お二人に手紙とお金をお届けに参りました」

そう言って、グレッグの父親とテイラーの母親に手紙、お金の入った革袋を渡す。

すると、二人ともどこか戸惑った表情を浮かべた。

「……金もか？」

「はい、そうですが？」

「いつもは手紙だけだったんだけどねぇ？」

どうやら今回はお金も含まれていることに驚いている様子だった。

いつも送られてくる届け物に違うものも含まれれば戸惑うのも無理はないか。

「俺はギルドから依頼を受けて届け物を受け取っただけなので、詳しいことはわかりませんが、お手紙に理由が書いてあるかもしれませんね」

残念ながら俺はグレッグやテイラーと面識があるわけではないので意図まではわからない。

ただ、品物を届けるのが仕事だからな。手紙の内容を覗《のぞ》くことなんて勿論《もちろん》しないし、お金をちょろまかすようなこともしない。

「それもそうだな」

俺がそのように言うと、二人は封を開けて手紙に目を通し始めた。

そのまま待っていると、グレッグの父親が手紙を折りたたんでポケットにしまった。

「ふうん、Ｆランクなのに随分とギルドから信頼があるんだな」

「なにか俺のことが書いてあったんですか？」

「ギルドの職員にあなたなら確実にお金を届けられると言われたから、今回はテイラーたちはお金も届けることにしたらしいわ」

クーシャのアドバイスでも受けたのだろうか？　転移を使える俺なら安全で速やかに届けられるからな。

「後はお前が金をちょろまかさないかの試験でもあったらしいぞ？」

「そ、そうだったんですね。勿論、そんなことはしてないですけど金額は合っていますよね？」

「ああ、手紙で書かれていた金額と一致していたよ」

テイラーの母が笑いながら言い、グレッグの父も頷《うなず》いたことでホッとする。

それにしてもギルドも意地が悪いな。ただの届け物の依頼の中にそんな審査があったなんて。

「遠いところからわざわざありがとうね」

「バカ息子たちに会ったらよろしく言っておいてくれ」

依頼書にサインを書くと、二人はそれぞれの家に戻っていった。

第九話　お空に転移

「これでクレトの依頼は完了だな?」

「はい、案内してくれてありがとうございます」

アンドレのお陰で速やかに手紙を届けることができたので感謝だ。

「それじゃあ、もう帰っちまうのか?」

「そうですね。依頼をこなしたので」

いい雰囲気の村なのでもっとゆっくりとしていきたいが、現状での懐具合を考えるとそうはできない。

ギルドからの覚えもよく、Eランクに上がれるみたいなのでこのまま進んでいくべきだ。

「そっか。寂しいけどそれが冒険者だからな。帰る前にステラやニーナに声をかけてやってくれ」

「それは勿論《もちろん》です。お世話になりましたから」

アンドレの家まで戻ると、ステラとニーナがいた。

依頼が終わったので王都に帰ることを告げると、ニーナが残念そうな声を上げる。

「えー？　クレト、もう帰っちゃうの？」

「ごめんね。本当はもう少しここにいたかったんだけど、今はそうするわけにはいかないんだ」

「じゃあ、また今度きてくれる？」

「うん、またやってくるよ」

ニーナがこちらを見上げて手を出してくるので、俺はそれを軽く握って笑った。

ハウリン村はとてもいい場所だ。生活に余裕ができたら、もう一度顔を出そうと思っている。

「………おい、クレト。まさかとは思うが、俺のニーナを狙ってるんじゃないだろうな？　さすがにお前でもニーナはやらんぞ？」

「狙ってませんよ。大体、俺とニーナでどれだけ年齢が離れていると思ってるんですか？」

「クレトは十八歳くらいだろ？　それなら十分狙えるじゃねえか」

「俺の年齢を見誤り過ぎです。俺は十八歳じゃなくて、二十七歳ですよ」

「はぁっ!?」

「ええっ!?」

年齢を告げるとアンドレだけでなく、ステラも驚きの声を上げていた。

まあ、日本人は若く見られるというし、俺もそこまで老け顔ではないからな。勘違いされるのも無理はないのかもしれない。

「俺の一つ下かよ!?」

「……逆にアンドレさんが二十八歳というのが俺は驚きです。もっと上かと思っていました」

「失礼な！」

まさかアンドレと一歳差しかなかったとは。大人の世界に入ると、本当に相手の年齢がわからなくなるから怖い。

「まあ、そういうわけで安心してください」

「お、おお」

俺との年齢の近さに驚きが抜けきっていないのか、アンドレは曖昧な返事をする。

いくらニーナが可愛《かわい》くても、十歳の少女を狙うつもりはない。

俺はロリコンじゃないしな。

「クレトさん、もしよろしかったらお弁当を持っていってください」

「いいんですか!?」

「はい、昨日の余り物を使ったもので申し訳ないですが……」

「いえいえ、とても嬉《うれ》しいです！　ありがたく頂きます！」

ステラの料理はまた食べたいと思っていたので、弁当を頂けるのは本当に嬉しい。

転移を使えば王都まで一瞬で戻ることができるのだが、普通に昼食として頂こう。

「それではお世話になりました！」

「またねー！」

「またやってきた時はゆっくりしていけよ！」

弁当を貰《もら》って、ハウリン村を出ていくとニーナとアンドレが叫びながら手を振り、ステラが微笑《ほほえ》みながら手を振ってくれた。

知らない冒険者を相手にこんなに優しくしてくれるなんていい人たちだ。

それに何より彼らと過ごすと、心が安らぐのを感じた。

まるで自分も家族の一員になったかのような。

あれが家族で過ごすということなのだろうか。

それらしい生活をしてきたことがないのでよくわからないが、自分の居場所というものがあるようで心地よかった。

また、生活に余裕ができたら戻ってこよう。

アンドレたちに手を振って見えなくなったところで、俺は王都に転移して帰還した。

◆

ハウリン村への届け物依頼をこなした俺は見事にEランクに昇格することができた。

それからは受注できる依頼の数や種類、金額も増えるようになり、俺はその中でも届け物の依頼を一日にいくつもこなしていた。

一つの仕事の単価が上がったこと。

いくつもの依頼をこなして様々な街や村に転移で行けるようになり、達成速度が上がったこと。

それらの要因で、俺は魔物を討伐しているどの冒険者よりも稼ぐことができていた。

「おい、お前。どんな手段を使って依頼をこなしているのかは知らねえが、冒険者なら討伐依頼で稼げ！」

だからだろう。俺が同業者である冒険者に絡まれてしまったのは。

いつものように依頼をこなして帰ろうとしていると、ギルドの外でいかにも柄《がら》の悪そうな三人組に絡まれた。

どうやら冒険者であるのに届け物依頼ばかりこなす俺のことが気に入らないらしい。

「別に冒険者だからって、必ずしも討伐依頼を受けなければいけない謂《いわ》れはないですが」

「そういう問題じゃねえんだよ。お前のようなハイエナが、ちょろちょろしているとウザいんだ」

どうしよう、この男。言葉のキャッチボールが成立しない。

「お前が雑用依頼で稼いだ小遣いを出せば、見逃してやらないこともないぜ？」

後ろにいる二人を見ると、ヘラヘラと笑いながらそんなことを言ってくる。

どうやら俺をいたぶってお金を巻き上げるつもりらしい。

ギルドでの暴力沙汰は規則違反であるが、今はギルドの外だ。

ギルドの中に入ってさえしまえば、こいつらは迂闊《うかつ》に暴力を振るうことができない。

そう思ってギルドに逃げ込もうとすると、進路を塞《ふさ》がれた。

「ギルドに逃げ込もうったって無駄だぜ？　ここはギルドの外だからよぉ？」

意地の悪い笑みを浮かべる最初に絡んできた男。

周囲には通行人や冒険者もいるが、誰も止めようとする気配を見せない。

それどころか俺たちの喧嘩《けんか》で賭《か》けをおっぱじめる始末だ。

まるでこれが日常茶飯事とでも言いたげな様子。まあ、俺が依頼をこなしていた時も外で揉《も》め事《ごと》は起こっていたしな。

今日は俺が巻き込まれてしまっただけなのだろう。

別にギルドの中に直接転移をして逃げても問題はないが、それをすれば空間魔法を他人に見られてしまう。

それだけでなくこいつらが満足できず、今後も絡み続けてくるかもしれない。

しかし、非力な俺がこいつらを倒すには空間魔法を使わざるを得ない。

「……ちょうどいいことだし、これをデモンストレーションにするか」

「ああ？　なにブツブツ言ってやがんだ？」

元々届け物依頼はお金を稼ぐための基盤づくりでしかなかった。ここで転移の力を見せて、次の商売に移行するのも悪くない。

そのためには俺が相手を転移させられることができるというのを、しっかりと示しておく必要があった。

今ならギャラリーとしてたくさんの冒険者もいるのでいい宣伝になるだろう。

「なんでもないです。仕事のやり方を曲げるつもりはないですし、金を渡して見逃してもらうつもりもありません。文句があるならかかってきてもいいですよ？」

「ああ、そうかよ！　じゃあ、そうさせてもらうぜ！」

「三人がかりだからって卑怯《ひきょう》とか言うなよ？」

望む通りの展開にしてやると、彼らは嬉々《きき》として襲いかかってきた。

身に着けている武器を構えてはいないが、躊躇《ちゅうちょ》なく三人がかりだ。まったくもって容赦がない。

「俺と空の旅に行きましょうか」

襲いかかってくる三人と自分を含めて転移を発動。

場所は冒険者ギルドの遥《はる》か上空、数百メートルに及ぶ場所だ。

「え？　はっ？　えっ、なんだこりゃあああああああっ⁉」

「お、俺たちどうして空にいるんだ⁉」

「ひいいいいいいいっ！　このままじゃ落っこちて死ぬ！　死ぬ！　死んじまう！」

つい先ほどまで地上にいたのに、いきなり遥か上空だ。

三人組は面白いくらいに情けない声を上げている。

今や俺たちはパラシュートなしのダイビング中。とんでもない速度で上空から落下していくが、転移を使える俺からすれば落下死なんてことはあり得ない。

「どうです？　空から見える王都の景色は？　中々にいいものでしょう？」

「お、お前が！　こ、これをやったのか⁉」

「ええ、そうです。こんな高いところから叩《たた》きつけられれば死んでしまいますね」

下を見れば、俺たちが空にいると気付いたのか冒険者たちが目を丸くして見上げていた。

こうやってのんびりしている間にも真っ逆さまに落ちており、硬い石畳《いしだたみ》が近付いてくる。

「た、頼む！　助けてくれ！　なんでもするから！」

「もう二度とお前に絡んだりしないからよ！」

「死にたくねえ！」

俺が不安を煽《あお》る言葉を述べたせいか、三人組が涙目で懇願してくる。

どれだけ屈強な冒険者であろうと、この高さからの落下は無力だろうな。何か特別な魔法でもあれば別なのだろうが。

空間斬《くうかんざん》や空間歪曲《わいきょく》を使うまでもない。

そもそも、ちょっと絡まれただけなので殺すつもりも、重い怪我《けが》を負わせるつもりもない。

「しょうがないですね」

ため息を吐《つ》きながら絡んできた三人を含む転移で、ギルドの前に戻る。

慣れている俺は平然と立って着地しているが、つい先ほど紐なしのバンジーを味わった三人は顔をぐずぐずにして地面に倒れ込んでいた。

「うわっ！　さっきまで空にいたのに地上に戻ってきてる⁉」

「……一瞬で移動したのか？　どうなっているんだ？」

元の場所に戻ってきた俺たちを見て、冒険者たちがざわつく。

予想通り、一瞬で場所を移動した俺の魔法に驚いているようだ。

よし、新しい仕事を売り込むには今がチャンスだな。

第十話　新しい仕事のやりかた

ギルドの前では上空から一瞬でギルドの前に戻ってきた俺たちを見て、冒険者たちがざわついている。

この状況を作り出したのが目の前でへばっている三人ではなく、平然と立っている俺の仕業だとわかっているのか多くの冒険者たちがこちらに注目していた。

新しいビジネスを売り込むには今がチャンスだ
「御覧の通り、俺の魔法は長距離を一瞬で移動することができます」

「長距離を一瞬で移動する魔法だって？　そんなの聞いたことがねえよ」

「でも、そうでもないとさっきの状況は説明がつかなくないか？」

そんな魔法は聞いたことがないのか、冒険者たちが怪訝《けげん》な声を上げる。

ギルドの職員も聞いたことがないと言っていたので、やはり空間魔法はかなり希少か、俺だけの魔法という可能性が高いな。

「ここで皆さんに提案です。皆さんの移動を俺にサポートさせていただけませんか？　お金をお支払いいただければ、可能な範囲でとなりますが一瞬で目的地までお送りさせてもらいます」

そう、新しい俺の稼ぎ方は冒険者を目的地まで送ることによって報酬を得るもの。

一瞬で場所を移動できるというのは大きな魅力だ。転移さえ使えば、別に自ら足を運んで依頼をこなす必要はない。冒険者を転移で送り迎えするだけで十分稼げる。

命や気力を削って魔物を討伐する冒険者にこだわりや気概もないので、俺にはこういう方が合っている。

「仮にそれができたとしてアンタとアタシたちにどんな得があるんだい？」

俺の提案を聞いて、勇ましく尋ねてきたのは赤髪の女性冒険者だ。

その周りに固まっている仲間らしい姿も見える。

こちらの話を一番興味深そうに聞いているパーティーだった。

「冒険者は遠方地まで向かう労力と時間を節約でき、俺は送り迎えをするだけでお金を稼ぐことができます」

「でも、送り迎えする度にお金をとるんだろ？　いくらなんだい？」

「距離に応じて変化しますが、開業サービスで一パーティー片道銀貨二枚からの予定です」

「銀貨二枚か……」

銀貨二枚と聞いて、赤髪の冒険者が渋い顔をする。

通常、乗り合いの馬車を使えば一人銅貨二枚程度で移動することができる。

つまり、四人でも銅貨八枚で移動できてしまうのだ。高いと思ってしまうのも仕方がない。

しかし、それは転移で移動することのメリットを明確に理解していないからだ。

正直、この能力の便利さを考えるともっと吊り上げてもいいくらい。

しかし、価値のわかっていない冒険者を相手にそのような値段設定をしても誰にも見向きされないだろうしな。

「確かに高いように思えますが転移を使えば、乗り合い馬車で数日かかるところでも一瞬で移動できます。遠方故《ゆえ》に敬遠していた高額依頼を複数こなし、その場でしか採れない素材を採取して売り捌《さば》けば、十分にパーティーとしての利益は出ます」

転移で移動する度にお金は貰《もら》うが、その先々で魔物を討伐し、その土地にしかない素材を採取して売る。

俺が転移で届け物をやったように単価の高い依頼を一日で複数こなせば、今まで以上の稼ぎを得ることが可能だ。

「……では、僕たち『雷鳴の剣』が依頼しましょう」

誰もが怪しい商人を見るような視線を向ける中、最初にそう言ったのは赤髪の冒険者の隣にいる眼鏡をかけた細身の男性だった。

どうやらパーティーの頭脳役のようなものを担っている人かもしれないな。

「ありがとうございます！」

「レイド、本気かい⁉　なんかこれ裏がありそうじゃないか？」

「この男のやろうとしている商売がもし本当なら、僕たちが大きく飛躍できるチャンスかもしれません」

「その理由は……？」

「今は言えないです。それを言うと周りの奴等《やつら》も気付きますから」

どうやら、この眼鏡の男性は転移で移動することのメリットに気付いているらしい。

「変なことをしようとしているならぶん殴るまでだ！」

「……レイドがそう言うんだったら、いいことなんだと思う」

ガタイのいい仲間が物騒なことを言い、眠たげな顔をした少女がどうでも良さげに言う。

「まあ、皆がそう言うんだったらやってみようじゃないか」

「ありがとうございます」

こうして、俺の転移を使った新しい商売の顧客第一号の誕生だ。

◆

「改めましてクレトといいます」

依頼してくれることになった冒険者たちに俺は名乗る。

「『雷鳴の剣』のリーダーをやっているロックスという」

最初にそう名乗ったのは獅子《しし》のような髪型をしたガタイのいい男性だ。

金属質の鎧《よろい》を身に纏《まと》っており、背中には巨大な戦槌《せんつい》のようなものを背負っている。

こうして近くで見ると、身長が百八十センチ以上あってかなりの圧迫感を抱く。

「アタシはヘレナだ」

短めの髪をした赤髪の女性だ。

気の強そうな顔立ちをしているが、男装の麗人といった感じで美人だ。

宝塚とかにいそうなイメージだけど、そんなことを言ってしまえば怒りそうだ。

革鎧や金属製の部分鎧をつけており、腰には立派なショートソードを佩《は》いている。

「僕はレイドといいます」

落ちついた口調で名乗ったのが眼鏡をかけた銀髪の男性だ。

ローブのようなものを身につけ、杖《つえ》を持っていることから魔法使いなのだろう。

「……私はアルナ」

相変わらず眠たそうにしているピンク色の髪をした少女。

身長は百五十センチもないくらいに小柄だが、それ以上の長さをしている杖を持っている。

レイドと同じくローブを着ているが、多分どちらかが回復役だろうな。

冒険者のパーティーで回復役がいることは結構多い。どっちが回復役かはパーティーとして戦闘に参加しない俺からすればどうでもいいことだ。

「それでレイド。アタシたちが飛躍できるチャンスっていうのは？」

ずっと気になっていたのだろう。ヘレナがうずうずとした様子で尋ねる。

「……それは簡単です。クレトさんに目的地まで送ってもらえれば、安く多くの依頼をこなせるからです」

「おいおい、安いって銀貨二枚もかかってるぞ？」

「僕たちが通常通り乗り合い馬車で行っても、日々の食事や、消耗する道具の費用を考えると移動には銀貨二枚に近い費用がかかっているんですよ」

「む？　そうだったのか？」

「マジか」

「はぁ……あなたたちはもう少し日々の生活にかかる費用に目を向けてください。僕が一人で管理しているんですから」

レイドがそう愚痴を漏らすと、ヘレナとロックスが気まずそうに目を逸《そ》らした。

アルナに関しては無言だ。

どうやらパーティーの資金運用や管理は全部レイドがこなしているようだ。疲れ切った言葉を聞くと、同情せずにはいられない。

「そのことを考えると、銀貨二枚で一瞬で送り届けてもらうのは安いくらいです。彼の言っていた通りに時間の節約もできますし、遠いが故に二の足を踏んでいた依頼もこなせます。何より、僕たちは疲れることなく万全な状態で魔物に挑める」

「……楽ができるのはいいこと。素晴らしい」

レイドの最後の言葉を聞いて、アルナが強く反応した。

どうやらこの少女、面倒くさがりらしい。

「でも、そんなうまい話ならどうして他の奴等は依頼しないんだ？」

「パーティーの資金管理をしている冒険者は少ないので、この事実に気付いている人が少ないのでしょう。後は気付いても踏み出す勇気がない」

ヘレナの疑問にレイドはきっぱりと答える。

前者が六割、後者が四割といったところだろうな。野次馬している冒険者たちの反応を見るとそんな感じだった。

「ですので、僕たちが一番乗りになって早いところ荒稼ぎしちゃいましょう。そうすれば、壁のように思えていたAランクも夢じゃありません」

「なるほど、冒険者たるもの冒険しないとな！」

「じゃあ、早速依頼するか！　クレト、どの場所までなら送ってくれるんだ？」

「国外でなければ大抵の場所にはいけますよ。あまりにも危険な場所のど真ん中までは無理ですが」

届け物の依頼をかなりこなしてあちこち飛び回ったので、そう自負できるくらいに移動範囲は広がっている。

「わかった。それじゃあ、俺たちが依頼をもってくるからいけそうな奴を選んでくれ」

「わかりました」

こうして俺の転移を使った、初めての仕事が動き出した。

第十一話　冒険者たちを転移

「この二つの依頼でいいか？　依頼場所は反対になるが」

ロックスたちが持ってきたのは二つの魔物の討伐依頼。

一つ目は王都から西に馬車で三日ほど進んだ距離になるカルツ平原。

二つ目は王都から東に馬車で四日ほど進んだ距離にあるガロールの森。

どちらも届け物の依頼の時に、通り過ぎたことのある場所なので問題ない。一度で転移することができる。

「ええ、問題ありません」

「もし、送れないとかだったら違約金はアンタに払ってもらうよ？」

「大丈夫ですよ。ちゃんと送りますから」

普通であれば、これだけ距離の離れたものを期日までにこなすのは不可能だ。

そうなると違約金が発生してしまい、冒険者が支払うことになる。

はじめて転移することになるヘレナたちが不安に思うのは当然だった。

こんな無茶スケジュールの依頼を受ければ、ギルド職員が止めるだろうが職員たちはクーシャを通じて知っているからな。

ロックスがちょうどクーシャのところに持って行っているので大丈夫だろう。

ほら、クーシャが俺に視線をやって苦笑いしているのが見えた。また変なことを始めたとか思っているのだろうな。

「依頼を受けてきた」

「それでは、外に行きましょうか」

ギルドの中で突然いなくなると驚かれるからな。今後のためにわざと見せるって手もあるけど、『雷鳴の剣』がしっかりと成績を残せば美味《おい》しいものだと気付いてくれるだろう。

「それでは、まずカルツ平原まで転移します。準備はいいですか？」

ギルドの裏に回ると、俺は最終確認をする。

「いつでもいけるぞ！」

リーダーであるロックスが頼もしく頷《うなず》き、ヘレナやレイド、アルナもこくりと頷く。

「では、転移をします」

各々の確認ができた所で俺は複数転移を発動。

すると、一瞬にして視界が切り替わり、目の前が緑豊かな平原地帯へと変わった。

「うわっ！　どこだいここ!?」

「一つ目の依頼場所であるカルツ平原ですよ」

転移したことに驚いているヘレナに落ち着いた声で告げる。

初めて転移を目の当《まあ》たりにした人は、かなり驚きの反応をするので少し面白い。

「おお！　クレトの言う通り、ここはまさしくカルツ平原だな！」

「自分で頼んだ手前ではありますが、本当に一瞬でやってこられるとは驚きです。馬車で向かっても三日はかかる距離ですよ。それをこんなに簡単に」

「……すごく楽ちん」

カルツ平原だということがわかり、他のメンバーも喜んでいる様子だった。

「クレトって、本当に凄《すご》かったんだね！　やるじゃないか！」

「あ、ありがとうございます！」

興奮のあまりヘレナが背中をバシバシと叩《たた》いてくる。

かなり力が強くて背中が痛い。女性とはいえ、前衛となると力が強いな。

「王都からの料金として銀貨二枚いただけますか？」

「え、ええ。払いましょう」

どこか呆然《ぼうぜん》としているレイドに声をかけると、素直に銀貨二枚を渡してくれた。

転移で送るだけで銀貨二枚稼げるなんてボロい商売だ。

「依頼を達成するのにかかる時間はどれくらいになりますか？」

「えっと、二時間ほどあれば達成できるかと」

「そうですか。では、この砂時計《すなどけい》が落ちる頃にこの場所に迎えにきますね。そこからガロールの森に送ります」

「迎えにくるって、アンタはその間どうするんだい？」

パーティーに同行しない以上、俺の行動が気になるのは当然だ。何せ、俺がいないと王都まで帰るのも一苦労だし、次の依頼場所にも向かえないからな。

「そうですね。俺は王都に戻って、適当なカフェで時間を潰そうかと」

「何だと!?　それはずるいぞ!?」

「アタシたちが汗水垂らして魔物と戦っている間に、呑気《のんき》にお茶ってかい！」

「そういうことができる商売ですから」

「便利な魔法ですね」

俺は転移でいつでも王都に戻ることができるしな。

その間に依頼をこなすこともできるが、初めての送り迎えの仕事で遅刻したくはないからな。ゆっくりと休んでいようと思う。

「……私もクレトとお茶する」

「おお、アルナさんも一緒にきますか？」

「……行く」

「なにふざけたこと言ってんだい。アルナはアタシたちと一緒に討伐だよ。銀貨二枚とられてる分、ここいらにある素材も採取しないといけないんだから」

なんてふざけた会話をしていると、アルナはヘレナによって引っ張られていった。

あまり表情を見せないアルナが強い願望を見せていたので、本当にカフェに行きたかったんだろうな。

「それでは二時間後に頼むぞ！」

「はい！　それではお気をつけて！」

元気に歩いていくロックスたちを見送って、俺は王都に転移で戻った。

◆

王都を散策し、適当なカフェに入って時間を潰していた俺は、ふと気が付くと砂時計が落ちそうになっていることに気付いた。

「……そろそろ迎えの時間かな」

ロックスたちの依頼は採取も合わせて二時間もあれば、十分だと言っていた。

もう、集合場所に陣取っているかもしれないな。

少し早いが席を立って会計をする。そして、店の外に出て適当な場所で転移を発動。

迎え場所であるカルツ平原に向かうと、いきなり刃《やいば》を向けられた。

「……なんだ、クレトか」

ヘレナはやってきたのが俺だとわかると、そう言ってつまらなそうにショートソードを収めた。

彼女は落ち着いているけど、いきなり死の危険に晒《さら》された俺はそれどころじゃない。

「勘弁してくださいよヘレナさん。心臓が止まるかと思いました……」

「アタシの後ろに現れるクレトが悪い」

むむ、確かにそうかもしれない。

魔物の跋扈《ばっこ》する地帯で急に気配が現れれば驚きもするか。

次からは集合場所から少し離れた場所に転移することにしよう。

「ところで、皆さんは討伐の方は無事に終わりましたか？」

「ああ、問題なく終わったよ」

自信をもって言い切るヘレナ。

パーティーの様子を見ると、誰も怪我《けが》を負っていないし、疲弊した様子は見せていない。

さすがはBランク冒険者にもなると実力が違うんだろうな。

「では、次の依頼場所であるガロールの森に移動しますか？」

「その前に一つ相談したいことがあるのですがいいですか？」

依頼が達成できたことなので、予定通り次の依頼場所に向かおうとするとレイドが尋ねてきた。

「なんでしょう？」

「クレトさんにお金をお支払いして、荷物を預かってもらうことは可能でしょうか？　そうすれば、僕たちはもっと素材を持ち帰ることができます」

おっ、それは賢い交渉だ。

この平原でそれなりの量の素材を手に入れたのか、レイドたちのバッグはかなり膨らんでいる。

そうか。複数の依頼をこなすことになると、そこで手に入れる素材も多くなって荷物も増えるのか。だとしたら、このような荷物を預かるというシステムは冒険者にとっても便利だ。荷物量を気にすることなく身軽に動けて、より多くのものを採取できる。

「銅貨三枚で引き受けましょう」

「それでお願いします」

交渉が成立したので、レイドから銅貨三枚を受け取る。

「同じ大きさの空のバッグもお貸ししましょうか？」

「とはいっても、どこにそんなものがあるんだい？」

「こちらに」

疑問の言葉を投げかけるヘレナに、俺は亜空間から取り出したバッグを渡した。

代わりにレイドの持っていたバッグを亜空間に放り込んだ。

「そして、こういう感じで荷物は預かります」

「非常識な」

「アンタの魔法はどうなっているんだい……」

「……商人が見たら喉から手が出るくらいに欲しがりそう」

「生活が安定すれば、そういう方向でやっていこうと思っています」

この送り迎えの噂《うわさ》が広まれば、商人の耳にも入ることだろう。そうやって信用を得た上で、どこかの商人と組もうと思っている。

「じゃあ、それまでの間に俺たちは稼がせてもらうことにしよう！」

「はい、それではガロールの森にお送りしますね」

そうやって俺は『雷鳴の剣』を次の依頼場所まで転移させた。

第十二話　転送屋クレト

「いやー、クレトに払った銀貨六枚を引いても、十分な稼ぎができたよ！　ありがとね！」

「想像以上の成果でした」

王都に戻って二つの依頼をこなした『雷鳴の剣』はそれはもうホクホク顔だった。

二つの依頼の達成報酬と売却した素材がいい値段になったのであろう。

「お役に立てたようでよかったです」

ヘレナたちは転移で効率よく稼ぐことができ、俺は命を危険に晒《さら》すことなく、楽に稼ぐことができてｗｉｎ－ｗｉｎだ。

「もし、よかったらうちのパーティーに入らないか？」

「……クレトなら大歓迎です」

ロックスとアルナがそのような誘いをかけてくれる。

俺のランクはＥランク。通常ならＢランクのパーティーと組めるはずがない。

それだけ彼らが俺の価値を認めてくれている証《あかし》だろう。

「……嬉《うれ》しいお誘いですが申し訳ありません。俺は冒険者稼業をずっと続けていくつもりはないので」

大変有難《ありがた》いお誘いであるが、俺は冒険者として生計を立てるつもりはない。

空間魔法を利用し、商人に近い役割で成り上がるつもりだ。

それに一つのパーティーに所属してしまうと活動の幅が広がってしまう。フリーランスのように必要な時だけ転移を頼まれる方が楽だし稼ぎもいい。

「そうですか。それは残念です」

「クレトの力なら、そっちの方が儲《もう》けられそうだしね」

事前に商人としてやっていきたいと言っていたからか、レイドやヘレナは素直に引き下がってくれた。

「今は開業サービス期間ですが『雷鳴の剣』の皆さんは、お客様第一号なのでもうしばらくは安いままにしておきますよ」

「おお！　それは嬉しいな！」

「クレトさん、早速明日も頼んでもいいですか？」

「はい、勿論《もちろん》です」

『雷鳴の剣』は一番に利用してくれた大事な顧客だ。少しくらいのサービスはいいだろう。

「なあ、あんた。魔法で遠いところでも送ってくれるっていうのは本当か？」

「さっき『雷鳴の剣』が二つも依頼をこなしていたわよね？　それも位置的には正反対のものを」

どうやら『雷鳴の剣』が依頼を達成する様子を窺《うかが》っていた冒険者のようだ。

俺のサービスに興味はあるが、本当に怪《あや》しくないか様子見をしていたのだろう。

そんな人たちがついに試してみる決心をしたようだ。

「はい、俺の魔法を使えば瞬時に依頼場所までお送りすることができますよ。今なら開業サービスで片道銀貨二枚にしておきます」

「試しに今から頼んでもいいか？」

「私のところも頼みたいんだけど？」

「いいですよ」

どうやらこの人たちは別のパーティーだったようだ。

一気に二組からのご指名が入ってしまった。

時間は午後の中ほど辺りだが、転移を使えば一瞬でたどり着くので実際にかかるのは討伐時間のみ。夜までに戻ってくることもできるな。

周囲を見れば、まだ様子見してる感じの人もいるし、今後も顧客は増えるだろう。

そうすれば、さらに稼ぐことはできるだろうな。

「僕たちの様子を見て、クレトさんのサービスの良さに気付いた人がいるようですね」

「……早めに予約しておいてよかった。もう、重い荷物を背負って遠いところまで行きたくない」

「おいおい、クレトがいないと冒険に行きたくないってのも困りものだぞ」

「でも、あの楽さを味わうと、そう思っちまうのも無理はないねぇ」

◆

冒険者を転移で依頼先まで送り届けるサービスを始めた俺は、その後も順調に客を増やしていた。

コクリア村から王都の冒険者ギルドに『雷鳴の剣』を連れ帰る。

「ありがとな、クレト！」

「この時間ならもう一件こなせそうだな！」

「クレトさん、もう一度転送を頼んでもいいですか？」

ギルドに戻った『雷鳴の剣』は三つ目の依頼を終わらせたのにもかかわらず、まだ貪欲《どんよく》に仕事を求めていた。

「もう四件目になりますけど大丈夫なんですか？」

「……私は疲れた」

気遣いの言葉を投げると、面倒くさがりのアルナは素直に吐露する。

「バカ野郎！　このペースでいけば、もうすぐAランクに昇格できるかもしれねえんだ！　クレトがいてくれる内に頼まないと損だろ！」

ここ最近、『雷鳴の剣』の満《み》ち溢《あふ》れるやる気はそれだったのか。

Aランク冒険者ともなれば、王国でも一握りの存在だ。

なれれば、この先の将来はかなり安泰に近付くだろう。

「というわけで頼む。クレト！」

「ええ。俺は構いませんが……」

アルナが疲れていると言っているのに、連れていってもよいものだろうか。

疲労が溜《た》まって依頼先で怪我《けが》でもされたら困る。

「実は慰労会として有名なレストランを押さえてあるのですが……」

「……ちょうがんばる」

レイドがそのような甘い言葉を囁《ささや》くと、アルナは目を輝かせてシャキッとさせた。

どうやらパーティーメンバーの管理もレイドはお手の物のようだ。

「では、依頼を受けてきてください」

「ああ、待っててくれ」

そう言うと、『雷鳴の剣』たちは依頼の達成を報告し、掲示板へと走っていった。

「……えーっと、今から『雷鳴の剣』を次の場所に送って、一時間後に『三獣《さんじゅう》の姫』をリベラルまで迎えに行けばいいいな」

「転送屋。私たちのパーティーも転送をお願いしてもいいか？」

手帳を開いてスケジュールを確認していると、『妖精の射手』という女性エルフだけで構成されたBランクパーティーが声をかけてきた。

ちなみに転送屋というのは俺のことだ。冒険者たちを転移であちこちに送っていたら、そんな通り名が付けられた。

まあ、通り名がつくのは有名になった証らしいので別にいいんだけどね。

「どちらまで行きたいんです？」

「アウブの森だ」

「その距離になりますと片道で銀貨八枚になりますけどいいですか？」

アウブの森となると、ここから馬車で一週間半はかかる距離だ。

近くても遠くても値段が一緒だとおかしいので、値段に差はつけるようにしている。

転移を繰り返してわかったのだが、実際遠くまで移動する方が疲労は溜まるようだしな。

一人で気楽に飛び回るのと、複数人を何度も遠くまで運ぶのとはやはり疲労が違うようだ。

「構わん。乗り合い馬車などという、むさ苦しい箱に詰められるよりマシだ」

相変わらずプライドが高そうなエルフたちだ。

まあ、彼女たちは見目麗《みめうるわ》しいのでよく男性にちょっかいをかけられるらしいので、そのストレスから解放されると思えば安いものか。距離も遠いし。

「わかりました。先に依頼した『雷鳴の剣』を送り届けたら、声をおかけしますね」

「ああ、酒場で待っている」

そう言うと、『妖精の射手』のメンバーは酒場へと歩いていった。

冒険者を相手にしている転送業であるが、すべての冒険者が利用できるものではない。

Fランクや Eランクといった稼ぎの少ない者たちでは、片道の銀貨を支払うこともきついからだ。

しかし、実力とお金に余裕のあるCランクやBランク、Aランクにもなると楽勝だ。

むしろ、転移のお陰で時間という制約を乗り越えることができ、普段の何倍もの依頼をこなして稼ぐことができていた。

「ひいいい、クレトさん。ちょっと冒険者たちを転送するペースを緩めてください！　私たちが忙しすぎて死にます！」

『雷鳴の剣』を待っていると、山のような書類を手にしたクーシャが泣きついてきた。

「あれ？　ギルドマスターは依頼達成率が上がって表彰されて上機嫌でしたが？」

どうやら俺のお陰でここのギルドでの依頼達成率がぶっち切りでトップらしく、ここのギルドは表彰されたらしい。

ある日、ギルドマスターを名乗るおじさんがやってきて、もっと頼むとお願いされたのだが。

その事を説明すると、クーシャが吠《ほ》えた。

「あの人はたまにしかギルドに顔を出さないから、そんなことが言えるんです！」

「そ、そうでしたか。最近は稼がせてもらったので、ちょっとだけペースを落としますね」

さすがにギルド職員の恨みを買いたくはないので、自重をするべきだろう。

「本当にお願いします！」

クーシャの表情は切羽詰まった社畜のように切実そうだった。

第十三話　商人エミリオとの出会い

「クーシャに泣きつかれたし、今日はこのくらいにしておくか……」

最後の冒険者をギルドまで送り届けた俺は、仕事を切り上げることにした。

これ以上冒険者が依頼をこなしたらギルド職員が過労で倒れてしまいそうだし。

「君が転送屋のクレトで合っているかな？」

そう思ってギルドから出て宿に帰ろうとすると、誰かが声をかけてきた。

視線を向けると、端整な顔立ちをした金髪の青年と茶髪の少年がいた。

青年の方は女性のように髪が長く肌も色白だ。手足もすらっとしており、体格も細い。

まるで外国人俳優のようなスタイルの良さとイケメンっぷりだった。

育ちの良さや教養が滲《にじ》み出《で》ており、冒険者には見えない。

少年の方はくすんだ茶色い髪をしており、青年のような気品は見えない。

どこにでもいる少年といった風貌だ。

「……そうですがあなたは？」

「僕はエミリオ。王都で商《あきな》いをやっている商人さ。こっちは従業員のロドニー」

エミリオという青年は綺麗《きれい》な笑みを浮かべてそう名乗り、ロドニーという少年が無言で頷《うなず》いた。

商人。俺がいずれは接触したいと思っていた業種の人物だ。

「エミリオさんは俺に何の用でしょうか？」

「僕のパートナーになってくれないか？」

「……すみません。俺にそういう趣味はないので他を当たってください」

「そういう意味のパートナーじゃない！」

なんだ違うのか。紛らわしい言い方をしないでもらいたい。

エミリオは強く否定すると、咳払《せきばら》いをして気を取り直した。

「言い方を変えよう。僕の商会で雇われてみないかい？」

「それはあなたの商会に所属して、転送業務を行えということですか？」

「ああ、そうだ。君の力にはここのところずっと注目していたからね。馬車で一週間半はかかるアウブの森だって一瞬で行けるんだから驚きだよ」

どうやら俺が転移で冒険者を送っているところをずっと見ていたようだ。

俺がどの冒険者をどこまで送り届けて、瞬時に帰ってきたかまで調べていたのだろう。

かなり慎重で入念な性格をしているようだ。さすがは商人と名乗るだけはある。

「その力を使って、品物を仕入れ、売《う》り捌《さば》けば簡単に利益を上げることができる。それは君もわかっているだろ？」

「そうですね。いずれはそういう方法で稼ぐつもりでしたから」

冒険者を転移してお金を貰《もら》うより、安く品物を仕入れて、高く売りつける方が遥《はる》かに稼ぐことができる。特に高価なものを扱えば、一度の商売で金貨何百枚と稼ぐことができるだろう。

「なら、話は早い。僕の誘いを受けてくれるかな？」

「エミリオさんが所属している商会を教えてもらってもいいですか？」

「エミリオ商会だよ。そして、僕がその商会長さ」

「失礼ですけど、聞いたことのない商会ですね？」

「おや、王都の商会を把握していたのかい？」

「ええ。いずれは自分を売り込むことを考えていましたから」

異世界にやってきた俺が商会を起こすには、ハードルが高い。

特に王都で商店を出すには、それなりの信用と財力が必要とされるからだ。

知識も人脈も未《いま》だに足りない俺は、まずは自分の能力を高く買ってくれる商会に所属しようと考えていた。

そのためにギルドで届け物の依頼をこなしながら、王都に展開している商店のことをチェックしていたのである。

「ボーっとした顔の割に食えないね」

「ボーっとした顔ってのは余計です」

感心しているようだがちっとも誉《ほ》めてもらっている気になれない。

昔から冴《さ》えないとかボーっとした顔とか言われるんだよな。

「それはさておきクレトが僕の商会を知らないのも無理はないよ。なにせついこの間、出店したばかりの商会だからね」

「……それはつまり駆け出しというわけですか？」

「ああ、そうなるね」

俺の問いかけに恥じる様子もなく言いきってみせたエミリオ。

そんなこと何ら問題ではないとばかりの堂々とした態度だ。

「駆け出しの商会と聞いて、ガッカリって感じだね？」

こちらの微妙な表情から察したのかエミリオがそう言ってくる。

「ええ、まあ。売り込むなら大きな商会にしようと思っていたので……」

どうせ所属するのなら大きな商会にしようと思っていた。そちらの方が販路も広く、扱える商品の数も多いだろうし、希少品を手に入れるルートがあるからだ。

「正直、クレトが大商会に売り込むのはオススメしないな」

自分の誘いに乗らないから気を惹《ひ》こうとしているのかと思ったが、彼は駆け出しであっても王都で出店することのできた商人だ。

たとえ、別の意図があっても聞いてみる価値はあると思えた。

「どうしてです？」

「それほど大きな商会になるとクレトは間違いなく縛り付けられる。それに何より、クレトの出した売り上げは多くの人に吸い上げられるよ？」

確かに商売に関わる人が多いほど利益は分散してしまう。それに人が多いとしがらみも多いのは前世でも経験済みだった。

大企業だからこそ働きやすく、給料が無条件にいいということでもない。むしろ、大きな会社だからこそ、柔軟な対応ができないともいえる。

そんなところにイレギュラーな俺が入り込むと面倒ごとも多いだろう。

「その点、僕の商会なら安心だよ！　何せメンバーは僕とロドニーの二人しかいない！　無理矢理縛り付けることもなく、好きな時に引き受けてくれて構わない！　その上、クレトには十分な報酬を支払うつもりさ！」

忠告を聞いて悩んでいると、エミリオがここぞとばかりに売り込んできた。

無駄にいい声がギルド前の大通りに響き渡る。

通行人の女性が何人もエミリオを見て頬《ほお》を染めていた。

「確かにそうですが販路はあるんですか？」

「それは心配いらない。すぐにでも動けるように人脈は作ってある」

「品物を買うための資金は？」

王都で出店できたのである程度の信用やコネはあるみたいだが、資金がないと始まらない。

疑問を投げかけると、エミリオが鞄《かばん》から大きな革袋を渡してくる。

「そこに金貨五十枚が入っている」

エミリオに言われて革袋を開けてみると、まさしく大量の金貨が詰め込まれていた。

金貨五十枚となるとかなりの大金だ。ただの駆け出しの商人が用意できる金額ではないのは確かだ。

「なるほど、これが最初の資金と……」

「いや、それはクレトが転送業務をしてくれた場合の報酬だよ」

「月に金貨五十枚⁉」

「いいや、一日の商いでさ。今は規模が小さいからこのぐらいしか払えなくて申し訳ないけど、いずれ収益が増えたらもっと払うつもりさ」

まさかの月給ではなく、日給で金貨五十枚という報酬額に驚きだ。

「それで大丈夫なんですか？」

「問題ないよ。クレトが力を貸してくれれば、それ以上の収益を僕は上げることができる」

これだけの大金を払うと言ったにもかかわらず、エミリオは自信満々の笑みを浮かべていた。

大きな口を叩《たた》くのだから相当な自信があるのだろう。

「改めてどうだいクレト？　僕と組んでみないか？」

……ふむ、どちらにせよリスクを負うのは資金を提供するエミリオの方だ。

仮に口だけで失敗したところで俺になんらリスクはない。

エミリオの言った通り、小さなところから駆け上がって最大限の利益を自分たちで手にするのもよさそうだ。

何より、エミリオという青年に少し興味を惹かれている自分がいる。

「いいですよ。よろしく頼みます、エミリオさん」

「呼び捨てでいいよ、クレト」

「じゃあ、よろしく。エミリオ」

こうして俺とエミリオとロドニー少年という、たった三人の商会が動き出すことになった。

第十四話　仕入れ

エミリオと組むことになった翌日。俺はエミリオ商会にやってきていた。

王都の北区画に構えられた小さな商店。

それが駆け出し商人であるエミリオの店であった。

お店の前には一台の馬車が停《と》まっており、そこではエミリオが木箱を運んでいた。

「おはよう、クレト」

こちらに気付いたエミリオが爽やかな笑みを浮かべて挨拶をしてきた。

端整な顔立ちをしているエミリオが笑顔を浮かべると、それだけで絵になるものだ。

「おはよう、エミリオ。商売の準備か？」

「ああ、そうだよ」

エミリオは馬車に木箱を置きながら、そう返事した。

すると、今度は視界の端からロドニー少年がやってきた。こちらも同じく木箱を運んでいる。

「ロドニーもおはよう」

「…………」

挨拶をしてみたが、ロドニーは軽く頷《うなず》いただけで言葉を発しなかった。

「気を悪くしないでくれ。ロドニーは人見知りなんだ」

「そうなのか。別にそこまで気にしていないさ」

と口では言いつつも、嫌われているようではないと知って安心した。

何せ従業員がたったの三人だからな。可能な限り仲良くしたいものだ。

「しかし、商会なのに商品が何もないな」

チラッと視線を向けてみると、外観こそ整ってはいるが店内にはロクに商品が置かれていなかった。商会という看板を掲げているが、実際は空き店舗のようなもの。

「あはは、なにせ店を構えたばかりだからね。まあ、これからどんどんと商品を仕入れて、色々と並べるつもりさ」

まあ、いきなり開いてたくさんの商品を並べるのは難しいだろう。俺たちが頑張れば、この店にも商品が並ぶわけだな。

「それよりも、クレトに聞いておきたいことがあるんだ」

「うん？　なにを聞きたいんだ？」

「クレトの魔法ではどこまで移動することができるんだい？　また、どのくらいまでなら荷物を持ち運べる？　魔法でものを収納することもできるって聞いたんだけど実際はどうなんだい？　これらの条件によって、商売の仕方が変わるからできるだけ教えてほしい！」

軽い気持ちで反応すると、エミリオが前のめりになってまくし立ててきた。

エミリオの熱にびっくりするが、確かにそれらの条件によって商売の方法が変わる。

どこまで行けるのか、どれほどの品物を運ぶことができるのか。それだけで大きく違いがでるだろう。

とりあえず、俺は把握している範囲での能力を伝える。

「……なるほど、ひとまず国内であればどこにでも一瞬で行けると」

「そうだな。行ったことのない場所でも転移で移動していけば、次からはいつでも行けるようになる」

たとえば、行ったことのある国内ギリギリの地点まで転移し、そこからは国外目指して転移を繰り返していけば、あっという間に国外にたどり着くことができる。

一度、そこに行ってしまえば、次からは一瞬でその国外の場所に転移することができるのだ。

「次に収納の方はどうだい？」

「大きなものまで試したことはないが、大抵のものなら収納することができる」

エミリオにもわかりやすく伝えるために、目の前で亜空間を開いてみせる。

「……ヤバそうな空間が広がっているけど、ここに品物を入れて大丈夫なのかい？」

「他人の荷物を預かったりもしたけど、特に問題はなかったぞ。それに空間の中では劣化することがない」

「そうだな。港で買い上げた魚を、新鮮なまま王都で売ることもできる」

「それはすごいけどいきなり市場に流しても、出所がわからないから平民には敬遠されそうだね。上流階級の人たちに説明して、高値で売りつける方がいいかもしれない」

確かに海のない国で、海の魚が新鮮な状態で売られていたら怖すぎる。一体、どこで獲《と》れて、どのように運ばれてきたのか不安でしかない。

そういうことを考えた上で、エミリオは即座に利益を得られる方法を考え出していた。

頭の回転が早いな。

しかし、亜空間にはどれほどの大きさのものを収納することができるのか。

「馬車ごと入ったりしないかな？」

「いくらなんでもそれは無理だろう」

エミリオがそう言い切る中、俺は馬車を丸ごと包むようなイメージを浮かべてみる。

すると、ぱっくりと開いた空間に馬車が呑《の》み込《こ》まれて収納された。

店の前に停まっていた馬車が姿を消してしまい、エミリオとロドニーが唖然《あぜん》としていた。

「「…………」」

きちんと取り出せるのか試してみると、亜空間から馬車が出て来て元の位置に戻った。

続けて馬車にも転移をかけてみると、問題なく転移させることができた。

「うん、馬車一台は余裕で入るな。それに転移で移動させることもできる」

収納してみた感触では、それが限界とは特に感じなかった。具体的な容量までは不明だが、まだまだ入る気がする。

転移もまだまだ重さ的に限界というわけではなかった。

それらの現象を見て呆然《ぼうぜん》としていたエミリオは、ようやく思考を整理することができたのか肩をすくめた。

「説明されて改めて思ったけど、クレトの魔法は反則だよ」

「違いない」

「これなら密輸もし放題だね」

「おいおい、そういうヤバい商売はやめてくれよ」

確かに俺の魔法にかかれば、城門での荷物検査にも引っかからないし、そもそも転移で街中に侵入することも可能だけどそんなことはしたくない。

「冗談だよ。そんなリスクを背負わなくても僕たちは真っ当に稼ぐことができるからね」

「エミリオ商会が真っ当で安心したよ」

爽やかな笑顔でシレッと言うから、本気でそういうことをするのかと思った。

密輸なんてすれば、金貨五十枚だろうと余裕で稼げるだろうし妙《みょう》な納得感があったんだよな。

「それじゃあ、クレトの魔法も大体わかったことだし動き出すことにしようか」

◆

「クレト、まずはドンケル村に転移をお願いできるかな?」

「いけるぞ。馬車は収納して持っていくか?」

「ああ、その方が怪しまれなくて済むから頼むよ」

エミリオに頼まれて、俺は馬車を亜空間に収納してしまう。

「それじゃあ、転移するぞ」

エミリオとロドニーにそう告げると、俺は複数転移を発動。

すると、エミリオ商会の前からドンケル村へと視界が切り替わった。

石畳《いしだたみ》に敷かれた通りと建物ではなく、平地の中にぽつりと佇《たたず》む長閑《のどか》な村だ。

「アハハ!　……本当にドンケル村にやってきている!」

転移するなりいきなり高笑いをかます、エミリオに俺はギョッとする。

「いや、しろって言ったのはエミリオじゃないか」

「それはわかっているよ。でも、改めてクレトの魔法を実感すると笑いが止まらなくてね!　何のリスクもなく、一瞬で行きたいところに行くなんて商人の夢だよ!」

とりあえず、初めての転移を体験してエミリオが興奮していることがわかった。

やたらとテンションの高そうなエミリオを相手するのが面倒なので、付き合いの長そうなロドニー少年に助けを求めるが彼はクールだった。

転移に驚いて目を丸くはしているもののエミリオのように高笑いしたり、興奮することはなかった。

「なあ、エミリオ。どうしてこんな辺境にやってきたんだ？」

「おや？　クレトはここに来たことがあるのに気づかないのかい？」

「生憎《あいにく》、王国にやってきて日が浅くてな。転移先を増やすのを優先していたから、そこまでひとつひとつの場所を調べていないんだ」

いずれは調べようと思っていたが、最初は転移先を増やしながら生活を安定させることに尽力していたからな。特産品やその地域の特色などの情報収集をする暇がなかった。

「なるほど、なら、説明しよう！　ここは隣国マダハッドから距離が近い。マダハッドの特産品はさすがにわかるよね？」

「ああ、豊富な種類の香辛料や干物。そして、繊細な織物だな」

マダハッドは広大な国土と砂漠地帯が有名な国だ。まだ行ったことはないが、周辺の国の大まかな情報は知っているので軽くならわかる。

「そう！　ドンケルではそれらがマダハッドの売値とほぼ変わらない値段なんだ！　それらを安く

買うことができる！」

「へー、この村にそんな旨味《うまみ》が……」

マダハッドに近いので、そこまで輸送費がかからないから高騰しないんだろう。

「王都側から行くには険しい山が多いし、厄介な魔物も多いせいで商人や旅人も立ち入らないんだよね。意外とこの情報を知っている人は少ないよ。ここに来るんだったら多少税をとられても、素直にマダハッドに行く方がいいだろうね」

前回はただ手紙を届けにきただけなので気付かなかった。

しかし、そんな常人では知りえない知識をエミリオは持っている。俺の魔法があれば、儲《もう》けられるというだけの自信があるわけだ。

「俺たちはそういう場所で安く特産品を仕入れて、相場の高い王都や遠方の地で売《う》り捌《さば》くってわけか」

「安く買って、高く売る！　それが商売の基本だからね！　まあ、その基本を実践するのが難しいんだけど、クレトの魔法があれば楽勝だね！」

この世界では前世のように道が整備されているわけでもなく、少しの時間をかければ安全に移動できるわけでもない。外には人を襲う獣や魔物が溢《あふ》れているし、盗賊だっている。

外で事件が起きても明るみになることは少なく、誰にも気づかれることなくひっそりと終わる世の中だ。

それらを無視して安全で瞬時に移動できる俺の魔法は、やっぱりチートだな。

「それじゃあ、ここで仕入れるとしようか！　まあ、マダハッドほど大量にあるわけじゃないから、終わったらすぐに違う場所に飛ぶけどね！」

「……これから随分とこき使われそうな気がするな」

意気揚々と進むエミリオの背中についていきながら、俺はそんな予感を抱くのであった。

第十五話　エミリオ商会

あれから数か月。俺はエミリオに言われるままに各地を転移させられた。

その土地にしかない食材や工芸品、織物、医薬品、魔物の素材といった特産品を安く仕入れて、それを欲するであろう遠方で高く売る。

それは商売の基本だがそれだけじゃなく、エミリオは情報を早く仕入れて臨機応変に対応していた。

どこかの街が城壁を広げようとしていると聞けば、鉱山に転移で向かって石材を仕入れて、すぐに売りつける。美食家の貴族が珍味を欲していると聞けば、転移でそれを買いに行って同じように売りつけた。

とにかく情報の収集力と精度が凄《すさ》まじく、それに対する動きが速かった。

彼の頭の中にはどこに何の特産品があって、どこでなら一番高く売りつけることができるかわかっているのだ。

それに持ち前の容姿と優れたコミュニケーション力で取引先とも即座に懇意《こんい》になることができた。

それにより人の輪が広がり、さらなる情報が入ってきて有利に動くことができる。

王都で最初に俺と会った時に宣言していた、一日で金貨五十枚以上稼ぐという目的はあっさりと達成。

今ではさらなる収益を上げて、俺の日当も金貨百枚以上になっていた。

たった一日で日本円にして百万以上だ。月で計算したらいくらになるか、考えるのもバカらしい金額だ。

しかし、そんな収益の陰には俺という空間魔法使いが小間使いのように働いた事実がある。

それはもう何度も何度も転移をやらされた。

冒険者ギルドで届け物の依頼や、冒険者の転送をやっていたのが温《ぬる》く思えてしまうほどの酷使っぷりだった。

エミリオという奴《やつ》は商売に貪欲《どんよく》で、その辺りの妥協はしなかった。

まあ、こっちもそれなりに高い報酬を貰《もら》っているから、納得してやっていたんだけどな。

そんな収益を上げるエミリオ商会は大きくなり、王都の一等地に立派な店を構えることができるようになっていた。従業員も増えたし、棚には様々な商品が溢《あふ》れている。

最初に見た王都の外れにある仮店舗とは雲泥《うんでい》の差《さ》だった。

ここ最近は神出鬼没のエミリオ商会と呼ばれたり、エミリオ商会に用意できない品物はないとまで言わしめるようになっている。

まあ、それは俺の転移による移動のせいだけど、その実態を知っているのはエミリオとロドニー少年、そして極わずかな従業員のみだ。

ここまで大きくなると俺の転移に頼らずとも、エミリオ商会は品物を仕入れることができるようになってきた。

まだ急激に拡大した商会なので、安定とまではいかないが何年かすれば盤石《ばんじゃく》なものになるだろう。

今の俺の役割は、転移がないとどうしても仕入れることができない品物や、希少品、有力者が迅速に求めている時に出向くことが多くなっていた。

今も俺の魔法がないと難しいものを仕入れにやってきている。

バレリオ火山でしか採れない鉱石類を掘り出し、加工する鍛冶町《かじまち》バレイン。

多くの職人がここに工房を構え、あるいは修業にやってきたりする場所でもある。

通りを歩くと多くの武具屋が並んでおり、あちこちで鉄を叩《たた》く音が聞こえてくる。

アルデウス王国でも有数の鍛冶町だからか、それを求めて多種多様な職種の人が集まっている。

中でも多いのが武芸を嗜《たしな》んでいる騎士や、冒険者、傭兵《ようへい》といった存在だろう。

各々が良質な武器や防具を手に入れるために店を渡り歩いている。

王都とは違った方向で活気のある町だ。

そんな人の行き交う道を進んで、俺は見知った工房に入る。

「ザルムさん、いつも通り仕入れにきましたよー」

中に入ると、受付で様々な種類の鉱石を片眼鏡で鑑定しているドワーフがいた。

彼はこちらに気付くと、そっと鉱石を受付台に置いた。

「……また、エミリオの使いか」

「ええ、エミリオ商会のクレトです。バレリオ火山で採掘した鉱石とか余っていたりします？」

そう、ザルムは鍛冶師でありながら、自ら材料となる鉱石や貴金属を採掘する強者なのだ。

ザルムは採掘の腕もとても良く、質のいいものを掘り出してくるので、ここでの鉱石類の買い付けはこの工房で済ませることが多い。

「そろそろくると思って多めに採掘しておいた。奥の保管部屋に置いてある。欲しいものを選んだら声をかけろ」

「いつもありがとうございます！　では、失礼しますね！」

在庫もきちんとあり、ザルムからの許可もとれたので遠慮なく保管部屋にお邪魔させてもらう。

すると、そこには数多《あまた》の鉱石や貴金属、宝石といったものが箱詰めにされていた。

見た事のないような色鮮やかな水晶や宝石から真っ黒な鉱石まで。様々な種類のものが溢れている。見る人が見れば宝の山だろう。

これはザルムの採掘の腕が良く、豊かな鉱脈の眠るバレリオ火山だからこそ採れたものだ。

「ただ、ここまでやってくるのがしんどいんだよなぁ」

標高の高い場所にあるので向かうのが面倒な上に、山をいくつも越えなければいけない。

ここにやってくるまでに危険地帯を経由しないといけないので、商人がやってくるにはそれなりの腕を持った冒険者を長期間雇わなければいけない。

それでも無事にたどり着ける保証もないので、おいそれと今の商会が向かえる場所ではなかった。

でも、転移を使える俺なら別。そういうわけで、ここの商品を仕入れる時は俺が駆り出されるのである。

「えーっと、確かエミリオに頼まれたのはプラチナムダイトにエレキウム。それにミスリルか……」

エミリオに頼まれてメモをした品々を確認しながら、室内にある鉱石と見比べて確認。

「うん、どれも全部揃《そろ》ってるな」

それらがきちんとあることを確認した俺は、ザルムの所に戻って欲しいものを告げた。

「……全部で金貨百二十枚だ」

「ええ、それで構いません」

エミリオが予想していた金額とほぼ同じだ。こういった細かい見積もりもできるのだから、うちの商会長には恐れ入ってしまう。

言われた通りの金額の入った革袋を渡すと、ザルムがそれをしっかりと確認していく。

「……問題ない。好きに持っていけ」

「わかりました。ありがとうございます！」

保管部屋に入って買い付けたものを亜空間に収納していく。さすがに鉱石類になると、一人で持ち運ぶのは不可能だからな。

「それじゃあ、確かに受け取ったので失礼します」

「……まったく、今日も手ぶらか。毎度毎度、どうやって運び出してやがるんだ」

「企業秘密です」

訝《いぶか》しむ視線を向けてくるザルムにそう言うと工房の外に出る。

そして、人目につかない適当な路地に入ると、エミリオ商会に転移。

すると、薄暗い路地から高級なカーペットの敷かれた品のいい室内へと風景が変わった。

ここはエミリオ商会の執務室。

俺やロドニーをはじめとする限られた者しか入ることのできない部屋だ。

そして、そこには商会の主であるエミリオがイスに座って書類仕事をしている。

「エミリオ。ザルムさんから頼まれていた品物を仕入れておいたぞ」

「助かる。奥の保管部屋に置いておいてくれ」

「わかった」

俺が室内に転移してくるのも慣れたもので、エミリオは特に驚く様子もなく書類を見ながらそう言った。

執務室の奥にある保管部屋に入ると、収納しておいた仕入れの品物を取り出して置いた。

「置いておいたぞ。これで今日の仕事は終わりか？」

「ああ、今日はこれで十分さ。報酬はそこに置いてあるから持っていってくれ」

執務テーブルの上にはたくさんの金貨が詰まっているらしい革袋が置いてある。

さっき買い付けに使った金額以上の報酬が入っている。あれらの品をそれ以上に高く売りつけて、収益を上げることができるのだろうな。

「しかし、俺たちの商会も大きくなったものだな」

報酬の入った革袋を亜空間に放り込み、執務室の窓から外の光景を眺める。

王都の大通りに面している一等地だけあって、とても眺めがいい。

外を歩いている人々が一階にある商店スペースに吸い込まれるように入っていくのがよく見えた。

「そうだね。でも、まだまだクレトに頼り切りの状態さ。それじゃあ、クレトを縛り付けることになってしまうから早く何とかしないとね」

「ここ最近、エミリオが忙しくしているのはそれが理由か？　確かに自由がいいとは言ったが、そこまで重荷に感じていないぞ？」

エミリオや商会の人たちには良くしてもらっている。確かに一か所に縛り付けられるのを当初はよしとしていなかったが、今ではそこまで苦痛に感じていない。

エミリオは最初こそ酷使してくれたが、そこからは俺に自由を与えた上で稼がせてくれているからな。

「本当に？　それじゃあ、一生ここで働いてくれるのかい？」

「それとこれとは話が別だ。俺にそこまでの覚悟はない」

「それは残念。うちの商会に骨を埋める気になったら遠慮なく言ってくれよ？」

「もうちょっとマシな言い方をしてくれよ」

商会に骨を埋めるなんて、まるでワーカーホリックじゃないか。

「とはいっても、クレトも生きていくには十分なお金を持っているだろう？　ここから先はお金を稼ぐというより、どう人生を楽しく彩るかが重要だ。それについては決めているのかい？」

「確かにそれについては決めていないな……」

異世界にやってきて半年の月日が経過した。当初の予定よりも大分早いスピードでお金を手に入れた。

生活を安定させたら次はどうするのか？　それについて、しっかり考えていなかった気がする。

「まあ、それを決めるのはクレト自身さ。僕としては、この商会を世界一のものにするっていう野望があるから、その一助になってくれると嬉《うれ》しいね」

神妙な空気が流れる中、エミリオは実に気楽な様子でそう語った。

第十六話　二拠点生活をしよう

仕事を終えた俺は、王都で拠点にしている宿に戻ってきていた。

商会の近くにある宿屋。そこは一泊するだけで金貨が何枚と飛んでいくような高級宿。

大金を稼ぐことができるようになった俺は、ここ最近そこで生活を送っていた。

それならば適当な家を買った方がいいのではないかと思うかもしれないが、少し前まではそんな暇もないくらいに転移で飛び回っていたし、家を持つ勇気も持てなかった。

結果として一切の家事も雑事もする必要のない、今の場所に落ち着いているのである。

一人暮らしなのに複数の部屋があり、リビングもある。寝室にあるベッドはキングサイズで大人が四人くらいは並ぶことができそうでフカフカだ。

前世で暮らしていた狭苦しいアパートはなんだったのだろうと思えるほど。

空間魔法で稼いでいるのでお金は十分にある。

前世では成し遂げることが不可能だと思えた、贅沢《ぜいたく》な暮らしをしている。

しかし、それなのに今が楽しいかと言われれば違う気がする。

『クレトも生きていくには十分なお金を持っているだろう？　ここから先はお金を稼ぐというより、どう人生を楽しく彩るかが重要だ。それについては決めているのかい？』

先程のエミリオの問いかけるような言葉が思い浮かぶ。

異世界にやってきて収入を得て、生活を安定させることはできた。というより、安定以上のものを手に入れることができている。

それを達成した以上は、次の目標を見つけるべきだろう。

思えば、異世界にきてからお金を稼ぐことしかしていない。これでは仕事に塗《まみ》れた社畜だった頃の前世と変わらない。

ベッドで寝転がっていると、現状や未来への想《おも》いがぐるぐると渦巻く。

様々な思いが湧き上がっては消えてを繰り返すが纏《まと》まることはない。

「ちょっと外の風に当たるか……」

部屋で過ごしていても思考が纏まらない気がしたので、気分転換に外に出てみることにした。

外に出てみると王都はすっかりと暗くなっており、仕事を終えた人々や依頼を終えた冒険者などが酒場に繰り出している。

街灯の代わりとなる光石《こうせき》があちこちで灯《とも》っており、昼間とは一味違った光景を見せていた。

少し冷えた風が吹きつける中、俺はなんとなく道を歩く。

ただの気分転換なので行く当てもない。思うままに足を動かすだけ。

しかし、そんな状況でもふとした瞬間にこれからの生活について考え込む自分がいた。

「おい、気をつけろ」

「すみません」

考え込みながら歩いていると、通行人にぶつかってしまった。

どうやら考え込み過ぎるあまり周りが見えていなかったらしい。

どうせならもう少し誰もいない静かなところに行きたい。

そんなことを思った時に目に付いたのは、王都の中心部にそびえ立つ鐘塔《しょうとう》だった。

あそこなら誰にもぶつかることはないだろう。

早速、転移を発動して鐘塔へと移動する。

少し冷たくて強い夜風が吹き付ける鐘塔の頂上部。光石で輝く王都を見下ろしながら呟《つぶや》いた。

「ここ最近は忙しく飛び回っていたから、ここにやってくるのも久し振りだなぁ」

仕事の時は遠くから仕入れることが多い。土地勘がついてきたので王都内で転移することがあっても、以前のように鐘塔から見渡して飛ぶようなことはなくなっていた。

「異世界にやってきた初日に、ここに転移したっけ」

初めて転移を使って大はしゃぎした初日が昨日のことのように思い浮かぶ。

確かこの場所で「空間魔法を使って、この世界で好きに生きてみせる」って目標を立てていた。

しかし、今はどうだろう？　好きに生きるためにはお金が必要。生活の安定が重要。それは勿論《もちろん》のことであるが、それだけに囚《とら》われて当初の目的を見失っていた気がする。

この世界で俺のやりたいことはなんだ？

少なくとも前世のように仕事だけに生きるのは違うと思った。エミリオが言っていた商会を世界一にするというのも面白そうであるが、俺にはピンとこなかった。

前世は東京生まれの東京育ち。早くに母親を亡くし、ここに来る前には父親も亡くした。

恋人も親友と呼べる者もおらず、独り身。

そんな前世の生活を俺は悔いていた。

今でこそ空間魔法の有用性のお陰で仕事上の付き合いは増えたが、深い関係の者はほぼいない。

エミリオとは仲良くやっているが、ビジネス的な部分があるので判定はグレーだ。

どこか故郷のような心の安らげる居場所が欲しい。

そんな時思い浮かんだのはハウリン村での生活だった。たった一日泊まらせてもらっただけなのだが、そこでの出来事が鮮明に思い浮かぶ。

自然豊かで人が少なくて、食事が美味《おい》しい。

アンドレやステラ、ニーナをはじめとする温かな村人が生活していた。決して裕福ではないだろうが、ハウリン村で生活しているあの家族は紛れもなく幸せそうであった。

「俺もハウリン村で暮らしてみたいな……」

十分なお金もあるし、ハウリン村で生活をしてみようか？

しかし、王都に住むエミリオと仕事をしているし、転移での商売も刺激的で楽しいと思っていた。

それを切り捨てる事は商会を軌道に乗せて頑張っているエミリオにも申し訳ないし、個人的にもしたくない。完全にハウリン村に移住することは難しい。

「王都とハウリン村の両方に住むことができれば……って、空間魔法が使える俺なら無理じゃないな？」

そんな事を気付いた時に思い浮かんだのは、前世でもたまに耳にした『二拠点生活』。

完全に地方に移住するのではなく、片足を都心に残しつつ地方生活を楽しむ人たちは、都市と田舎《いなか》の「二拠点生活をする人」という意味からデュアラーなんて呼ばれていたりする。

それには場所に囚われない仕事を手にすることが求められるが、俺ならそれもクリアしている。

なんなら一番のデメリットとなる移動疲れだって起こることはない。何せ転移を使えば、移動は一瞬だ。好きな時に移動して戻ってくることができる。

転移があるので拠点を絞らなくてもいいかもしれないが、求めているのは旅ではなく楽しく過ごせる居場所だ。

前世のような寂しい人生を送りたくない。今世こそ、楽しい人生を送るんだ。

ひょんなことで思いついた二拠点生活は今の俺にとてもしっくりとした。

王都の良さと田舎の良さの両方を味わえる。なんて素敵で楽しそうなんだろう。

気が付けば胸の中のモヤモヤはすっかりと晴れ、今となってはこれからの生活を想像してドキドキしている始末。

「よーし、王都ゼラールとハウリン村での二拠点生活をやってみるか！」

異世界初日の出発点となった鐘塔で、俺はまたしても新たな決意を定めるのであった。

第十七話　久し振りのハウリン村

翌朝、宿で朝食を済ませて準備を整えた俺は、エミリオにしばらく不在にすることを伝えてハウリン村に向かうことにした。

「ハウリン村に向かうのは半年ぶりくらいかな？　楽しみだな」

結局あの後はハウリン村に向かう用事や依頼もなく、一度も立ち寄っていなかった。半年程度会っていないだけであるが随分と久しく感じられる。

アンドレやステラ、ニーナは元気にしているだろうか？

王都とハウリン村までは馬車で一週間以上はかかる距離。魔物のうろついているこの世界ではちょっと知人に会いに行くという理由では行きづらい距離。

しかし、一瞬でそこまで行ける俺からすれば、本当に顔を出しに行く程度で行けてしまうものだ。

三人の顔を思い浮かべると今から会いに行くのが楽しみだ。

俺は目立たない路地に入り込むと、ハウリン村をイメージして転移する。

身体《からだ》を魔力が包み込み一瞬で視界が切り替わると、石畳《いしだたみ》や大きな建物が広がる王都ではなく、長閑《のどか》な一本道だ。

土が広がり、草が鬱蒼《うっそう》と生えている野道。その先には俺が最初にたどり着いた時と同じようにアンドレが退屈そうに出入り口の前に立っていた。

ちょうど前回と同じような再現ができて、思わず笑ってしまう。

一本道を歩いてくるこちらに気付いたのか、出入り口に立っていたアンドレは目を大きくして叫んだ。

「おお？　もしかしてクレトじゃねえか⁉」

「お久しぶりです。アンドレさん」

「王都にいたお前が急にどうしたんだ？　また何かの依頼か？」

「いえ、生活が落ち着いてきたので約束通り顔を出しにきましたよ。もしかして、迷惑でしたかね？」

ハウリン村で交流があったのはアンドレ一家だ。もし、あの時言ってくれた言葉が社交辞令だとしたら泣くかもしれない。

「……お前、マジか。律義に約束守って、こんな何もない村にまたきてくれるなんていい奴《やつ》過ぎるだろ！」

俺のそんな懸念はなかったらしく、アンドレは感激した様子で背中をバンバンと叩《たた》いてくる。

嬉《うれ》しさが溢《あふ》れて仕方がないのはわかるが、アンドレのパワーでバシバシ叩かれると痛い。

「アンドレ、知り合いか？」

そんな風に出入り口でじゃれ合っていると、村人がこちらにやってきて声をかけてくる。

「ああ、半年前に来てくれた冒険者がまた来てくれてな。しかも、依頼もないのにだぞ」

「それは珍しいな。今日のところは俺が代わってやるから、アンドレは家に帰って客人と一杯でもやってろ」

「助かるぜ！　礼をまた今度するぜ！」

どうやらアンドレの友人が警備の仕事を代わってくれるようだ。久しぶりに知人が顔を出したとはいえ、わざわざ交代を買って出てくれるとは優しいな。

ブラック企業にいた頃は、基本的に仕事なんて押し付け合いだし、休むなんてもっての外《ほか》なんて空気が流れていたから、こういう平和な世界を目にすると幸せになる。

「……本当にいい村ですね」

「お、おい、なに泣いてんだ？　今の出来事にそこまで泣いて感激するような要素があったか？」

あったんだよ。他人を気遣うという幸せな世界がそこに。

◆

しみじみと村人の温かさを感じた俺は、そのままアンドレの家に向かう。

王都と違って本当に屋台も店も何もない。ポツリと見える民家と静かな生活の営み。

周囲は山や森に囲まれており、どこを見ても緑、緑。

都会の喧騒《けんそう》に揉《も》まれていた俺からすれば、この長閑な景色がたまらなく新鮮だった。

古来より人は自然の中で暮らしていた。その名残《なごり》として自然の中にいると、人間はリラックスできるという。

今の俺がまさにそんな感じなのかもしれないな。

何気ない風の音、風で揺れる枝葉の音、遠くで囀《さえず》る鳥の声。

そんな不規則に思える音の重なりがとても心地よかった。

風景を眺めながらのんびりと歩いていると、やがて懐かしきアンドレの家が見えてくる。

家の傍《そば》にある小さな畑では、見覚えのある女性と少女が何やら作業をしているようだった。

「おーい。ステラ、ニーナ！　クレトがまたやってきたぞ！」

「クレトさんが？　あら、本当ね！」

「クレト！　またきてくれたんだ！」

アンドレが大声を上げると、ステラとニーナが振り返って手を振ってくれた。

どうやら二人とも俺のことを忘れないでいてくれたようだ。

歓迎してくれたことを嬉しく思い、気恥ずかしいながらも俺も手を振り返す。

「はい、生活が少し落ち着いたのでまたやってきました」

「そういえば、クレトの服が前よりも良くなってる気がする！」

十歳の子供でも女の子というべきか。ニーナは俺の服の裾を触りながら、目を輝かせていた。

「おっ、ニーナはいい目をしているね。前よりも少しいい服にしたよ」

商品を仕入れたり、交渉をしに行く時にはそれなりの格好をしていかなければならないので、今ではそれなりにいい服を着ている。

とはいっても、俺は派手なものや高級品を身に着ける趣味はないので、あからさまではないけどね。

「少しってレベルには見えねえけど、まあ冒険者として上手《うま》くやれてるのはいい事だな」

こちらを眺めて感心するアンドレだが、残念ながら俺はアンドレのイメージする活躍の仕方をしていないと思う。

「いえ、今は冒険者として活動はあまりしていないんですよ」

「うん？　じゃあ、どうやって生計立ててんだ？」

「まあまあ、あなた。そういった込み入った話はゆっくり家の中でしましょう。いつまでも外に立たせていたら、遠いところからやってきてくれたクレトさんに申し訳ないわ」

「それもそうだな」

「なんだか前にやってきた時もこんなやり取りがあった気がします」

「うふふ、そうでしたね」

「そうだったか？　二人ともよく覚えてるなー」

思い出して微笑《ほほえ》むステラと、細かいところまでは覚えていなかったらしく首を傾《かし》げるアンドレ。

最近はビジネスライクな関係者が増えて、日常会話らしいことを随分としていなかったので二人の会話を聞くとほっこりするな。

エミリオとの会話だと、どうしても商会のことや、各地域の情報といった商売中心のものになりがちだし。

◆

「料理ができましたよー」

アンドレの家に通されてくつろいでいると、ほどなくして昼食となり、ステラとニーナが料理を持ってきてくれた。

クック豆とヒルク豆とひき肉の入ったスープに、ローストビーフにパン。

「あっ、タタールだ」

それだけじゃなく、美味《おい》しい肉のユッケともいえるタタールがサラダの上に鎮座していた。

「前回、クレトさんが気に入ってくれたようなので今回も作ってみました」

「ありがとうございます。帰り際に持たせてくれたタタールサンド、美味しかったです！」

ステラが作ってくれたタタールサンド。転移で一瞬で王都に帰ったので帰り道で食べることはなかったが、宿の中でゆっくりと頂いたものだ。

タタールとパンの相性は抜群でとても美味しかった。

「まあ、そんな風に言ってくれると作った甲斐《かい》がありました」

感謝の気持ちを述べると、嬉しそうに笑って席につくステラ。

「また呑《の》むだろ?」

すると、アンドレがワイン瓶とグラスを持って聞いてくる。

「昼間ですけどいいんですか?」

「今日は仕事も無くなっちまったし構わねえよ」

そう笑い飛ばすと、アンドレは俺のグラスにワインを入れてくれた。

「それじゃあ、クレトとの再会を祝して乾杯だ!」

「乾杯!」

アンドレとグラスをぶつけ、お酒を呑まないステラやニーナとはコップで軽くぶつけ合い、ワインを軽くあおる、
うん、相変わらずここのワインは呑みやすいな。

こんな真っ昼間からゆっくりとワインが呑めるなんて、異世界での生活は最高だな。

ワインを少し呑むと、俺は豆スープをスプーンですくって食べる。

茹《ゆ》でたクック豆とヒルク豆の甘み、それとひき肉の塩味が絶妙だった。

「うん、豆がたくさん入ってて美味しい」

「クレトがきてくれたお陰でひき肉も入ったんだよ！」

「こら、ニーナ。そういうことは言わないで……」

ニーナの暴露にステラが恥ずかしそうに頬《ほお》を染めた。

「突然やってきてすみません。お土産《みやげ》を持ってきましたので、よければ皆さんで食べてください」

何とも言えない空気に、俺は渡し損ねていたお土産を渡すことにする。

「あら、こちらこそ気を遣わせてしまってすみません」

「これなに？」

紙袋に包まれた箱を見て、ニーナが興味津々に身を乗り出す。

「クッキーだよ」

「クッキー!?　開けてみてもいい？」

「俺は構わないよ」

ニーナはステラにアイコンタクトを送って許可をもらうと紙袋を開けて中にある箱を取り出す。

「うわぁ！　綺麗《きれい》な箱だ！」

「おいおい、これ絶対高いやつだろ？」

綺麗な装飾の施された箱を見て目を輝かせるニーナと、それを見てギョッとするアンドレとステラ。

このお土産は王都でも名店と呼ばれる菓子店のクッキーだ。富裕層に特に人気で、クッキー十八枚で銀貨五枚もする高級品である。

取引先にお土産として持っていくと喜ばれるので、亜空間に大量に収納していたりする。

「前回、お世話になったお礼ですよ」

「まあ、クレトがいいって言うならありがたくいただくぜ」

「いい匂いがする！　今食べたい！」

「ダメよ。ご飯を食べ終わってからのオヤツにしなさい」

「……はーい」

ステラに注意されてしょんぼりとするニーナ。

いい匂いがするので今食べたくなる気持ちはわかるが、昼食が食べられなくなってしまったら勿《もっ》体《たい》ないからな。

「それでクレト。冒険者としてあんまり活動してねえなら最近はなにやってんだ？」

さっき途切れた話の続きが気になっていたのだろう。アンドレはそわそわとした様子で尋ねてきた。

ステラやニーナも気になるらしく、こちらに視線を向けてきている。

そんな三人に俺は最近の生活をゆっくりと語るのであった。

第十八話　祝杯

「おおー、クレトは商人として活躍してるんだな！」

「品物を仕入れ、あちこちで売って稼ぐ事ができるなんてクレトさんはすごいですね」

「いえ、本当にすごいのは商会長ですよ」

アンドレたちに俺は最近やっていることを話した。とはいえ、いきなり空間魔法という便利な魔法が使えて、転移で仕入れに行っていますなんて言えば混乱してしまうので省いてはいるが。

実際、本当にすごいのはエミリオだ。

俺はただ便利な魔法を持っているだけの使いっ走りに過ぎないのだ。エミリオ自身がこの魔法を手にしたら、もっと効率的に稼ぐことができていただろう。

「商会が大きくなって落ち着いてきたから、今日はやってきてくれたのか」

しみじみと頷《うなず》くアンドレに、俺は本題であるべき部分を切り出すことにする。

「それもひとつの目的ですが、今回は別の目的もあるんです」

「うん？　別のってなんだ？」

「実はハウリン村に住もうかなと思っていまして」

「おお？　マジか？」

「ええっ⁉　クレト、この村に住むの⁉」

俺の言葉にアンドレがぽかんと口を開けて、ニーナが嬉《うれ》しそうに叫ぶ。

「うん、この村に住みたいなと思ってるよ」

「やった！　これで毎日のようにクレトと遊べるね！」

ニーナの純粋な言葉に俺の胸でじんわりとしたものが広がる。

「それは嬉しいのですが、お仕事の方は大丈夫なのです？」

「そうだぜ。王都の仕事がいい感じなんだろ？」

無理もない。都会で働いていた大人が急に田舎《いなか》に引っ越すと言っている（実際は微妙に違う）のだ、二人が心配してしまうのも無理はない。

「そうですね。仕事は辞めるつもりはありません」

「だとしたら、こっちで行商人でもやるのか？　ここらは人も少ない田舎でロクに稼げねえぞ？」

「いえ、王都で仕事を続けた上で、こっちでも拠点を作って住みます」

「……ちょっと待ってくれ。クレトの言っていること無茶苦茶だぞ？」

俺のそんな宣言にアンドレだけじゃなく、ステラも首を傾《かし》げている。

ニーナは状況がよくわかっていないのか、俺が引っ越してくることで頭がいっぱいなのかニコニコしていた。

交通の発達している前世であれば、東京で働きながら週末は地方の拠点で生活するという、二拠点生活を不可能とは思わないだろう。しかし、交通の発達していないこの異世界では、都会と田舎での器用な二拠点生活など無理がある。この世界ではそれが正常な判断だ。

「あはは、普通ならそう思いますよね。でも、俺には王都で商売を続けながら、こっちでも住むことができるんです」

「いや、無理だろ。王都とハウリン村を一瞬で移動できるわけでもねえし」

「そう！　まさにそれです！　俺はそういうことのできる魔法を持っているんです！」

アンドレのドンピシャな発言に俺は思わず叫んでしまう。

「ということは、クレトさんは王都からハウリン村まで一瞬で移動できるのですか？」

「はい、なんなら今すぐ三人を王都にお連れしましょうか？」

「おう！　できるものならやってみせてくれ！」

アンドレは明らかに信じていないのだろう、どこかからかいのこもった感情で笑う。

円滑な二拠点生活を送るためには、ハウリン村に住んでいる人の協力が必要だ。

だとしたら、ここでしっかりと俺が二拠点生活ができると示しておくのがいいだろう。

「言質《げんち》はとりましたからね？　では、今から三人を王都にお連れしますね」

俺はそう告げると複数転移を発動。

アンドレ、ステラ、ニーナと共に王都の中央広場に転移する。

視界は一瞬で切り替わり、アンドレの家からたくさんの大きな建物と、様々な種族が入り乱れる王都の広場にやってきた。

「う、うおおおっ!?　なんじゃこりゃああっ!?」

「私たちさっきまでハウリン村の自分の家にいましたよね!?」

転移するなりアンドレが腰を抜かしそうになるくらい驚き、いつもは落ち着いているステラはアンドレにピタリとくっついていた。

突如、ハウリン村から王都のど真ん中に転移させられて心底驚いているようだ。

「すごーい！　建物が大きいし、人もたくさんいるー！」

その中で一番ビビッていなかったのはニーナでキラキラと目を輝かせていた。

子供って順応能力が高いよな。これから王都でショッピングに行こうなんて誘ったら、笑顔で頷いてくれそうだ。

少し時間が経過すると落ち着いてきたらしくステラが空を仰いだ。

「あれはゼラール城。ということは、ここはやっぱり……」

「はい、王都ゼラールです」

「信じられねえけど、聞いていた通りの風景が広がってやがる」

あれだけ巨大な城を造ることができるのは自国の都以外ではありえない。

「本当に夢じゃねえよな？」

「つねってあげます」

「……いてぇ」

ステラに顔をつねってもらって涙目になるアンドレ。

周囲の光景と王族の住まうというゼラール城を見て、ステラやアンドレはここが王都だと納得したようだ。

「な、なあ、クレト。ハウリン村には戻れるんだよな？」

「はい、戻りますね」

アンドレとステラがすごく不安そうにしているので、複数転移を発動してハウリン村の家の中へ。

目の前にはアンドレの家の食卓があり、温かな料理が並んでいた。

「お、おお、俺の家に戻ってきたんだな」

「ハウリン村ですね」

自宅や外の光景を眺めてようやく安心するアンドレとステラ。

「えー⁉　もう帰ってきちゃったの⁉　もっと王都見たかったのに！」

それとは対照的にニーナはかなり残念そうにしている。

ハウリン村とは違った、大都会の風景がかなり新鮮だったようだ。

「ごめんごめん。また今度連れて行ってあげるから」

「本当？　絶対だよ⁉」

俺がそのように言うと、とりあえずニーナは満足したのか席に座った。

これは今度連れて行ってあげないといけないフラグが立ったかな？　まあ、その時はもう少し先になるだろうし未来の自分に任せるとしよう。

「……さっきの一瞬で移動しちまったのがクレトの魔法なんだよな？」

「はい、空間魔法の転移といいます。この力で王都とハウリン村を行き来して、両方に拠点を構える二拠点生活というのをしようかと」

「はー、王都と田舎で二拠点生活かぁ。すげえことを考えつくもんだな」

「ですが、この魔法があれば不可能じゃありませんね。拠点が二つある分お金はかかりますが……」

「そこは商人として人一倍稼ぐので問題ないですよ」

実際にかなりの金額を蓄えていることだしな。王都の一等地とハウリン村に家を建てても破産することはない。

この先、消費する金額は大きくなるが、それでもまだ貯金はあるし、それ以上に稼ぐ自信があるからな。金銭的な問題はなかった。

「へっ、随分と言うようになりやがって。まあ、さっきはああは言ったがクレトがこっちに住むのは大歓迎だ。仲のいい知り合いが増えるのは嬉しいから力になるぜ」

「私もです」

「私も大歓迎だよ！」

三人の温かな言葉に胸の奥からじんわりと込み上げてくるものがある。

大丈夫だとは思っていたが、どこか心の奥底では否定されるんじゃないかって思っていた。

だからこそ、この三人から素直に受け入れられるというのは何よりも嬉しかった。

まるで、ここに住んでいいんだよって言われているようで。

「皆さん、ありがとうございます」

「クレトがこっちに住めるなんてめでてえな！　今度は祝いの乾杯をしようぜ！」

「はい！」

こうして俺たちは改めて乾杯を交わした。

第十九話　住む場所

空間魔法のことを打ち明けて昼食を食べ終わると、俺は気になっていたことを尋ねる。

「この村に家を持つには、どうすればいいんでしょう？」

王都であれば市民権を買い、不動産屋で家を買えば、後は不動産屋が役所に書類を提出してくれる。

しかし、ハウリン村のような田舎《いなか》では、不動産屋も役所もない。その土地独自のルールがあるのだ。

「それなら簡単だ。村長に許可を貰《もら》えばいい。そうすれば、後は空き家に入るなり、空いている土地に家を建てるだけだ」

「許可、貰えますかね？」

「クレトがいい奴《やつ》だってのは俺が保証してやるし、前回手紙を配達しにきてくれたから村長も拒否したりしねえよ」

俺の心の不安を笑い飛ばすアンドレ。

そうか。一応、前回依頼を果たすためにハウリン村には来ているしな。その時に軽く耳に入っていて印象が良くなっているのかもしれない。

アンドレという心強い保証人もいるし、少なくともいきなりやってきた余所者《よそもの》扱《あつか》いにはならないだろう。

アンドレの言葉に励まされながら歩いていくことしばらく。

民家が少し密集している中心部にて、ひと際大きな平屋建ての家にたどり着いた。

「ここが村長の家だ。ちょっと俺が話を通してくる」

「お願いします」

アンドレが村長の家の扉を叩《たた》くと、恰幅《かっぷく》のいい白いひげを生やしたおじいさんが出てきた。

アンドレが話をすると、村長らしき人がこちらに視線を向けるので軽く会釈をしておく。

「クレト、こっちにきてくれ！」

少しすると用件を伝えたのか、アンドレが呼んでくれたので駆け寄っていく。

「私はハウリン村の村長をしているリロイという。君が、この村に住みたいというクレトさんだね？」

「はい、クレトと申します」

「アンドレから軽く話を聞いたが、二拠点生活とかいう特殊な生活の仕方をするのだとか。よくわからないのだが、そんなことができるのかい？」

普通に住むのであれば、話は早いのかもしれないが、俺の場合は二拠点生活ときた。

この世界でまったく馴染《なじ》みのない生活方法に村長が戸惑うのも無理もない。

しかも、その方法を実現するには空間魔法について教えておく必要があるわけで。

「できますよ。それを体験していただきたいのですが、少しだけお時間はありますか？」

「はい？」

首を傾《かし》げるリロイに、俺は先程のアンドレたちのように空間魔法を体験してもらった。

そして、転移でハウリン村に戻ってくると、リロイが少し疲れたように頷《うなず》いた。

「な、なるほど。この力を使って、王都とハウリン村に拠点をもって生活するんだね」

「そういうことです」

「アンドレの紹介や実際に話したひととなりからして、クレトさんがここに住むことに反対はないよ」

「ありがとうございます」

「ただ、ひとつだけ気になるんだが、どうしてうちの村に決めたんだい？　君の魔法があれば、どこにだって住むことはできるはずだ」

ハウリン村の村長からすれば、それは気になることだ。都会人である俺がどうして数ある中からハウリン村を選んだのか。

「自然が豊かで静かなところ。食べ物が新鮮で美味《おい》しいこと。などといった理由もありますが、大きな理由はアンドレさん一家を通じて、村の温かい雰囲気を知ったからです。俺には既に家族と呼べる人も故郷と呼べる場所もありません。そんな俺でも歓迎すると言ってくれたアンドレさんたちの住む村に、俺も住んでみたいと思ったんです」

「……クレトさんの気持ちはわかりました。そこまでこの村のことを魅力に感じてくれているとは村長としても嬉《うれ》しいですね」

「へへ、なんだか正面からそう言われちゃむず痒《がゆ》くてしょうがねえな」

俺の心からの言葉にどこか気恥ずかしそうにするリロイとアンドレ。

言った本人である俺も照れ臭くてしょうがない。そう何度も言える台詞《せりふ》じゃないな。

「クレトさんがハウリン村に住むことを私も心から歓迎します。こんなところでよければ、ゆっくりと過ごしてください」

「ありがとうございます、リロイさん」

優しい言葉をかけてくれるリロイに俺は深く頭を下げた。

こうして俺は村長の許可がもらえ、ハウリン村に正式に住めるようになったのである。

◆

「それでクレトさんはどの辺りに住まれますか？」

「俺のように外からやってきて暮らす際は、どのような感じになります？」

「大体が空き家になった家にそのまま住んだりすることが多いですね。お金に余裕があれば、村にいる大工に頼んで一から建てることや改築することもあります」

一から建てていては数か月単位の時間がかかるだろうな。手っ取り早いのは空き家にそのまま住むことだ。

しかし、俺はこの村を故郷のような場所にしたいと思っている。こちらには癒《いや》しや生きがいを求めて生活するわけで、適当な家に入って過ごしたいわけではない。

どうせお金には余裕があるのだから、自分の思い描く理想の家に住んでみたい。

現実的なラインは空き家を改築することだろうな。

「ひとまず、俺と一緒に空き家を回ってみるか？　じっくり見て回ってから決めればいいだろ？」

「それがいいですね」

思えば俺はまだハウリン村を隅々まで見て回っていない。これを機会に見て回るのがいいだろう。

「では、どこに住みたいのか決まったら気軽に声をかけてくださいね」

「はい、決まり次第伺《うかが》います！」

リロイと別れた俺は、空き家へと案内してくれるアンドレについて歩く。

王都と違って土地もふんだんに余っており、道幅も入り組んでいない。

畑や牧畜場といったところ以外なら、どこでもいけるってのは自由だな。

「まずは村の中心部分にある空き家だ。この辺りの家は少し古いが、住むための費用はかなり安く済むな」

「なるほど」

アンドレが案内してくれた一つ目の空き家は、こぢんまりとした平屋建ての民家だ。

間取りに関してはアンドレの家よりも少し狭く古い。趣《おもむき》のある古民家といった感じだ。

誰かが定期的に手入れをしているのかある程度は綺麗《きれい》であるが、やはり壁や屋根を見ると少しボロが出ているようだった。

「できればもっと大きい家がいいですね。住むのにかかる費用に関しては、あんまり気にしないので」

何せお金なら潤沢《じゅんたく》にある方だ。のんびりと暮らすための家にお金を惜しみたくはない。

「クレトならそう言うと思ったぜ。まあ、一応の最低ラインを見せておこうと思ってな。わかった。もっと大きい家だな。中心部から離れてもいいか?」

「はい、場所に関しては転移ですぐに移動できるので気にしません」

住宅に関しては、仕事場や主に利用する施設へのアクセスを気にするものであるが、転移が使える俺からすればまったく気にする必要がなかった。

かなり離れて移動に不便であっても関係ない。前世でも、この魔法が使えれば立地を気にすることなく住むことができたのになぁ。

「そうだったな。クレトなら山の上でも住める」

「さすがにそれは勘弁してくださいよ」

「冗談だっての。それじゃあ、ドンドンと空き家を巡っていくぜ」

「お願いします」

それから俺とアンドレはいくつもの空き家を巡っていく。

森の近くにある物件や周囲に他の民家がないだだっ広い場所にある物件など。

それらを覗《のぞ》いては吟味《ぎんみ》していき、空が茜色《あかねいろ》に染まり始めた頃。アンドレが尋ねてくる。

「どうだ？　気に入った家はあったか？」

「どれも悪くはないんですけどね……」

今までならば主に向かう場所へのアクセスの良さを中心に考えていたが、それが取り払われると選べる範囲が広がるわけでこれまた迷ってしまう。

俺が優柔不断ってこともあるけど、自分がこれから住む家になるのでピンときたものを選びたい。

「それなら、次の空き家で今日は最後にするか」

「付き合わせちゃってすみません」

「気にすんな！　力になるって言ったからな！」

アンドレは陽気に笑うと、次の空き家のある場所に進んでいく。

しかし、その道はとても見覚えのある道で。というか、ほぼアンドレの家への帰り道といっていいくらいだ。

「俺の家にちょっと近いから勧めるのも迷ったんだが、この家も実は空き家なんだ」

どこか照れ臭そうにそう語るアンドレ。

アンドレが連れてきた空き家はアンドレの家から三十メートル離れた場所にある二階建ての家だ。

「ここも空き家なんですか？」

「ああ、三か月前までは住んでいたんだが引っ越しちまってな」

アンドレの家よりも少し大きく、割と綺麗なので誰かが住んでいると思っていた。

「別に近所になるとか気を遣わなくても大丈夫でしたよ？」

「うるせえ」

俺がニマニマとしながら言うと、アンドレはプイッと視線を逸《そ》らして答えた。

「むしろ、アンドレさん一家と近いっていうのは、今までの空き家よりもより魅力的な価値かもしれませんね」

「はぁ……お前はそういう事が素直に言える奴だったな。何だかこっちが照れちまうぜ」

「ちょっと中を見ていいですか？」

「ああ、待ってろ。今、鍵を開けてやる」

アンドレに鍵を開けてもらい、空き家へと入る。

「……リビングが広いですね」

中心にあるリビングはとても広い。それだけじゃなく、部屋の数も多く全体的にゆとりがあった。

「子供の多い家族が住んでいたからな。他の家と比べると大きめだぜ。一人暮らしのクレトには少しきついか？」

「いえ、掃除はそこまで苦なタイプじゃないですし、色々と荷物も運びこんでくる予定なので広い方が嬉しいんです」

場合によっては商会の荷物をこちらに置いたり、色々と収納しっぱなしのものを整理して置いておけるような部屋がほしかった。

だから、俺にとって大きすぎるというのは大してマイナス要素ではない。むしろ、こういう長閑《のどか》な田舎で広い家を持つというのが夢だった。

二階に上がってみると様々な部屋がある。一人で使うには広すぎるが、物の保管部屋や来客用の部屋として使えばいいだろう。

窓を開けてみると、ふわりとした風が入ってきて眺めがいい。

再び一階に降りてみると裏口を見つけたので出てみる。

そこには平原が広がっており、遠くでは森が広がっているのが見える。

「裏口は自然が見えていいですね」

「近くには小川があるから耳を澄ませると水の流れる音がするぜ」

「……本当だ」

アンドレの言う通りに耳を澄ませると、小川の流れる音が聞こえた。

「天気のいい日には、ここにイスを持ってきてボーっとしたり、自然を眺めながら食事なんかしてもいいですね」

「おうよ。俺の密かな楽しみはこういう裏庭で焚火《たきび》をして、焼いたチーズやソーセージを食べて、ワインを呑《の》むことだ」

「なんですかそれ。羨《うら》ましすぎるんですけど」

自然を眺めながら焚火をし、そこで晩酌だなんて絶対いいに決まっている。

「決めました！　俺、この家を改築して住むことにします！」

「おいおい、こんなすぐに決めていいのか？」

「今までの空き家の中で、一番この家が自分の未来の生活を想像できたんです」

「そうか。クレトが良いと思ったならそれが一番だ。それじゃあ、村長に報告しにいくか」

「はい！」

　こうして俺の新居は無事に決まり、ハウリン村で新しい拠点を手に入れることができたのであった。

第二十話　王都にも拠点を

アンドレの家の近くにある二階建ての民家に住むことを決めた俺は、二日間かけて改築のイメージをしっかりと固めてからハウリン村の大工に改築を頼んだ。

とはいっても、元の家の状態がかなりよく十分な広さがあったために大きな改築はしない。

料理を楽しむために台所を広くしたり、靴を脱ぐための玄関を作ったり、部屋の間取りを微妙に変えたりする、ちょっとした補修をする程度。

一刻も早く住みたいので提示された金額よりも多めに支払うと、二週間以内に仕上げてくれると約束してくれた。

しかし、それでも二週間はあの家に住めないのは長いな。楽しみすぎるせいか二週間が酷《ひど》く待ち遠しい。

早くあの家に住んでまったりとした生活を送ってみたい。だが、これ以上急がせることはできないし、職人技が必要とされる作業を手伝うこともできない。

ここは大人しく待っておくしかないな。

いや、考え方を変えるとしよう。二週間後に完成する新居のために今のうちから家具を揃《そろ》えておくべきだ。

新居ができて家具もない殺風景ではつまらない。今のうちに家具や食器といった生活道具を揃え、二週間後にゆっくりできるように仕事も調整しておくべきだろう。

そうと決まれば、退屈のように思えた二週間も楽しみで仕方がない。むしろ、準備を考えると足りないのかもしれない。

「クレト、改築の発注は終わって暇なんだろ？　釣りにでも行かねえか？」

などと考えていると、アンドレがそのような誘いをかけてくる。

「すみません、これから新居の家具の準備があるので一旦王都に戻ります」

のんびりと釣りもやってみたくかなり心が惹《ひ》かれるが、今は準備が先だな。俺は必死に理性を働かせて断る。

「そうか。クレトがいれば、渓流釣《けいりゆうづ》りだって楽に行けると思ったんだけどな」

残念そうにしながら竿《さお》を振るような腕の動きをするアンドレ。

「あはは、俺の魔法は行ったことがない場所だとすぐには行けませんよ」

「そうなのか？　じゃあ、今度はいつでも行けるように渓流に行くぞ」

「はい、必ず行きましょう！」

行くならば全てを終わらせた上でのんびりとやりたいからな。

ステラやニーナにも王都に戻ることを伝えると、俺はハウリン村から拠点である宿屋に転移した。

一瞬でハウリン村から王都で拠点にしている豪華な宿の部屋に戻ってくる。

「まずは、イスやテーブルでも見に行くかな」

まずは大きな家具から決めていくのが鉄板だからな。部屋の中に置ける家具のサイズは熟知しているので、サイズで悩む必要もない。

早速、宿を出て家具屋を見に行こうと部屋を出ていくと、不意に声をかけられた。

「……クレトさん」

「うん？　ロドニーじゃないか？　こんなところでどうしたんだ？」

振り返るとロビーのイスにはエミリオ商会の従業員であるロドニー少年がいた。

最初は人見知りだったロドニーであるが、数か月もの付き合いがあるとさすがに慣れたらしく俺とも会話する分には問題ないようになっていた。

他の従業員とはほぼ喋《しゃべ》ってるところを見たことがないから、彼のシャイっぷりは健在のようだけど。

もしかして、俺が現れるまでずっとここで待っていたのだろうか？

「見つけたらエミリオが商会の執務室に来るようにって」

「エミリオが？　何か緊急の仕事か？」

「そこまでは知らない」

俺が尋ねるとロドニーは首を横に振る。

まあ、俺の場合は細かいことを聞くよりも転移で向かってしまった方が早いな。

「わかった。今から向かうけどロドニーもくるか？」

ロドニーがこくりと頷《うなず》いたのを確認して、俺はエミリオ商会の執務室に複数転移する。

すると、高級宿のロビーから商会内の執務室へと景色が切り替わった。

そして、執務テーブルにはエミリオが今日も書類仕事をしていた。

エミリオはこちらを見るなり大きく息を吐いた。

「やれやれ、やっと戻ってきてくれたか」

「やっとってちゃんと不在にするって伝えたよな？」

「クレトのことだから一日も経過すれば、すぐに顔を出すと思っていたんだ」

「あー、それについては具体的な日数を言っていなかった俺も悪いな……」

今までも個人的な用事で王都を不在にすることはあった。しかし、大概一日や二日もしないうちに商会に顔を出していた。

それが今回は三日も顔を出していなかったので、エミリオも驚いてしまったのだろう。

「それで何か急ぎの取引でもあるのか？」

「いや、そういうものはないよ。ただクレトが三日も顔を出さないから気になってね。今回の用事はいつになく長かったね？　何をしていたんだい？」

ふむ、これだけ王都にいなければ何をしていたか気になるだろう。それにこれからやろうとしていることは、仕事にも関係するのでしっかり説明するべきだ。

「ハウリン村に行っていたんだ」

「クレトが届け物の依頼で一度寄った場所だったね？　旧交は温められたかい」

「ああ、楽しかったよ。それでだな、エミリオに相談があるんだ。これからの人生についてだ」

「それは是非とも気になるね」

手に持っていた書類をテーブルの端に置いて、興味深そうな視線を向けてくるエミリオ。

そんな彼に俺はハウリン村と王都での二拠点生活をすることを告げた。

「……これからの人生について考えた方がいいと言ったけど、まさか二拠点生活をしだすとはね」

俺のやりたいことを聞き終えたエミリオは、どこか気が抜けたように呟《つぶや》いた。

「でも、確かにそれはいいね。王都と田舎《いなか》に家を持って両立した生活だなんて転移ができるクレトにしかできない生活だ。王都で仕事をこなし、遊び、田舎でのんびりとする。実にメリハリがつきそうだね」

「ああ、昔から田舎に広い家を構えてゆったりと暮らすのが夢だったしな。それにハウリン村はいいところだし、いい人もいっぱいいる」

「そうか。クレトが決めたことなら僕は尊重するさ。予想の斜め上をいく決断で驚いたけど」

「商会にどっぷり骨を埋めるつもりはないが、今後も仕事はやっていきたいと思っているよ」

「それを聞けて安心だよ。まだまだうちの商会は大きくなったばかりで、クレトがいないとどうしようもない取引もあるからね」

安心したように背もたれに背中を預けるエミリオ。

人脈と販路を広げているとはいえ、まだまだ手が広いわけではないからな。

転移で格安で仕入れることで大きな利益を出している商品もあるし、俺じゃないとそもそも仕入れることができない希少品もある。そういうものは大概が貴族や大商人、聖職者が喜ぶものだったりするので手に入れられないというのは困るからな。

「それでクレト。話は変わるけど二拠点生活をするなら王都でも家に住むということだよね？」

「別に王都にいる間は宿でも構わないけど――」

「いーや、クレト。二拠点生活をするっていうのなら、王都にも自分の家を持つべきだよ！」

「お、おお。それもそうだな。でも、何でエミリオが熱弁するんだ？」

宿暮らしにも大分馴染《なじ》んできたのでこのままでもいいが、二拠点生活なのでどうせならこちらでも家を持つ方がいいな。その理屈には共感できるが、エミリオが提案してくる意図が不明だ。

「宿暮らしだとクレトがいつ帰ってくるかもわからないしね。今回みたいにロドニーが待機していると、宿の人に嫌われるんだ。でも、クレトの家ならいくら待機していようと問題ないだろ？　なんなら、使用人を雇って言伝《ことづて》を頼んでもいいし」

「確かにそれもそうだな……」

出かける度に商会にまで出向いて、言伝をするのも面倒だ。エミリオの台詞《せりふ》も一理ある。

「でも、使用人を雇うのはやり過ぎじゃないか？」

小市民的な感性を持っている社畜は、誰かよりも上の立場に立つのに慣れていない。

自分の家に使用人がいるとか、どんなブルジョワなんだ。

「なら、クレトは王都の家とハウリン村の家をどちらも綺麗《きれい》に維持することができるのかい？　二つの家の管理をするのは大変だよ？　家事に追われてゆっくりするどころじゃない」

「それはごもっともで……」

前世のように会社に長時間拘束されているわけじゃないので時間には余裕があるが、二つの家を自分で維持するというのは骨が折れる。

「だから、クレトはこっちにも家を持って、使用人を雇うのが一番さ！」

エミリオの言う事はわかるのだが、何だか腑《ふ》に落ちない。ここまで勧めてくるには何かこいつの意図があるはずだ。

「……お前、俺がいない間に家を使ったり、商会の商品を一時的に保管できたら万々歳とか考えてるだろ？」

現在、商会が抱える悩みから推測すると、エミリオはぎくりと動きを止めた。

「ああ、そうさ！　でも、いいだろう？　僕のコネを使って安く物件を買わせてあげるし使用人の手配もやってあげるからさ！」

ここまで開き直られるといっそ清々しく思えるな。

第二十一話　商人怖い

王都にも家を持つことになった俺は、早速エミリオと不動産屋に行って物件を巡ることになった。

「こちらの物件は中央に集まる商業区画にも近く、非常に職場にも近いと思われます」

「さすがにこれは露骨過ぎだろうが……」

最初に連れてこられたのは、エミリオ商会の向かい側にあるアパート。

部屋はとても広く、魔法を応用した魔法具も完備でかなり快適そうだ。

台所にある水の魔法具はボタンを押すだけで水が出てくる優れもの。

「なんていい物件なんだ！　部屋も綺麗《きれい》だし眺めもいい！　目の前に大きな商会もあるから買い物も楽だ！」

エミリオが窓を開けながら、そんな台詞《せりふ》を吐いていた。

よくそんな爽やかな笑顔を浮かべられるものだ。

商会の荷物をここにも移してやろうという意図がみえみえだ。これだから生粋《きっすい》の商人という生き物は怖いんだ。

それとシレッと紹介してくる不動産屋のお姉さんも怖い。眼鏡をかけたキリッとしたお姉さんなのに、エミリオの息がかかっているのか。

「これじゃあ、最早《もはや》商会に住んでいるのと大差ないだろうが。商会に近い方が嬉《うれ》しいけど、これは近すぎだ」

仕事場に近いのは悪くないが、あまりにも近すぎだ。

徒歩一分もかからない距離とか、家に帰ってきた気がしない。転移が使えるとはいえ、俺だって歩いて帰りたい時もあるんだ。

「ええー？　気に入らないのかい？　じゃあ、次の物件に行こうか」

「かしこまりました」

俺がきっぱりと否定すると、エミリオは残念そうな顔をするもすぐに切り替えた。

「……お前、俺よりも楽しんでいるな？　エミリオが住むわけじゃないんだぞ？」

「そうだけど、確実に多く足を運ぶ場所になるしね。それにこういう物件巡りって、他人のものでも楽しいじゃないか」

釘《くぎ》を刺すように言うと、エミリオは屈託のない笑顔で答えてみせる。

まあ、先日もハウリン村で物件巡りをしてきたところなので、その気持ちは非常によくわかる。

もし、自分がここに住んだら、どんな生活を送るんだろう？　ここに家具を置いて、ここにベッドを置いて、ここで食事をして……そんな生活を想像してみるだけで楽しいものだ。

家の数だけ自分の生活があるわけだからな。

そんな風にどこかテンションの高いエミリオと、若干エミリオの息のかかった感じがする不動産屋と物件を巡っていく。

いくつかの物件を巡った末に、今度は閑静な住宅街の中にある屋敷にやってきた。

「こちらの物件は以前まで住んでいた貴族様が手放したものです。築年数は三年と新しく、中央区画から少し離れていますがとても静かです」

西洋風のお屋敷で建物の造りは上から見るとコの字になっている。

中庭はとても広くて綺麗な芝が生えていた。ここで寝転ぶだけでも気持ちが良さそうだ。

「へー、ここはいい感じだな。中に入ってみよう」

不動産屋に鍵を開けてもらって、屋敷の扉を開けると広い玄関が広がっていた。

上にはシャンデリアがぶら下がっており、吹き抜けになっているからかとても開放感がある。

「典型的な貴族のお屋敷だけど、成金的な趣味は感じないね」

「そうだな。落ち着いている」

取引先の中には目が眩《くら》むような装飾が施されているところもあった。

それに比べれば、こちらの屋敷は少し上品に思えるくらいの装飾や最低限の家具があるだけで、非常に落ち着いている感じだった。

「以前、お住まいになられていた貴族様は質素な生活を好んでおりましたので」

ふむ、だとしたらその貴族は非常にいい趣味をしているな。上流階級故《ゆえ》に見栄《みえ》を張るのも大事かもしれないが、生活をする空間ならば落ち着く方がいい。プライベートまで削りたくないしな。

玄関をくぐって奥に進むと、ダイニングルームやリビングがある。屋敷ともなると、一人で暮らすには広すぎるが、使用人を雇うと考えると気にならないな。

ダイニングを出て廊下を進むと、応接室といった様々な用途の部屋があったり、厨房《ちゅうぼう》があったりする。

「おお、風呂がある！」

「こちらの屋敷では火と水の魔法具が完備されており、いつでもお湯を張ることが可能です」

「いつでも⁉　それはすごいや！」

「そういえば、クレトは毎日風呂に入るくらいの異常な風呂好きだったね」

王都には公衆浴場という大衆向けの風呂屋があり、綺麗好《きれいず》きな人で週に一回という頻度だ。

しかし、日本人たるものそんな頻度では耐えられるわけもなく、毎日のように俺は通っていた。

だけど、たまには雑然とした浴場ではなく、家でゆっくりと一人で入りたいもの。

そんな悩みを抱えていた俺からすれば屋敷に大きな風呂があり、魔法具も完備でいつでも入れるのはかなり魅力的だった。

これがあるだけで毎日家に帰ってくる価値がある！

「決めた！　俺ここにする！　この屋敷はいくらです？」

「通常ですと白金貨五百枚以上はするのですが、エミリオ様の紹介なので白金貨四百枚と勉強させていただきます」

場所は王都の一等地である閑静な住宅街にある屋敷。築年数も新しく、魔法具も設置されているので悪くはない金額だ。というか、相場を考えるとかなり安くしてくれている。

「もう少し安くならないかな？」

しかし、エミリオはそこからさらに値下げへとかかる。恐ろしい子だ。

「では、白金貨三百八十枚で。エミリオ様の頼みでもこれ以上は難しいです」

「そっちが欲しがっている商品をいくつか格安で流してあげることもできるけど？　そうすれば、お偉いさんの覚えもめでたくなると思うけどな～」

「――っ！　で、では、白金貨三百！　い、いえ、二百五十でいかがでしょう⁉」

エミリオの悪魔のささやきともいうべき言葉に、不動産屋のお姉さんが食いついた。

やだ、なんかこの会話怖い。

「うーん、格安で提供することを考えると、値下げしないままで買う方が利益は大きそうだね。値下げの話はなかったことに――」

「白金貨百五十枚！　こ、これでいかがでしょう⁉」

「うん、それならこっちにも利があるかな！　それでお願いするよ」

「ありがとうございます！」

なんだろう。安く売ってもらうこちら側が優位に立っているこの感じ。

生粋の商売人というのは恐ろしいな。

「なあ、ちゃっかりと条件出して値下げしてるけど、それをするためには俺が働くことになるよな？」

そういった。お偉いさんが欲しがる商品は大概面倒なものが多く、俺が出向くしかないことが多い。

値下げしたけど、俺が馬車馬のように転移させられるのは嫌だ。それだったら、値引きしないで普通にお金を出す方がいい。

「ああ、そのことなら心配いらないよ。相手のお偉方が何を欲しがっているかはリサーチ済みで、商会の保管庫に貯《た》まってあるものだしね。クレトが動く必要はないよ」

「そ、そうか。なら、いいんだ」

エミリオははける予定のない品物を渡すことで、白金貨二百三十枚もの値引きをやってのけたのか。

ここ最近は書類仕事を主にしているエミリオであるが、その交渉能力は今も健在のようだった。

こうして俺は、王都の一等地に第二拠点となる屋敷を手に入れたのであった。

第二十二話　屋敷の使用人

「クレト、この間買った屋敷の準備ができたみたいだよ」

王都で屋敷を買い上げてから三日後。

ハウリン村の家に必要な家具や食器を買いあさっていたら、王都の屋敷の準備が完了したとエミリオに言われた。

「早すぎないか？　まだ三日しか経《た》っていないぞ？」

「元の屋敷の状態が良好だったから補修や掃除も大して手間がかからないし、家具も一通り揃《そろ》っていたからじゃないかな？」

エミリオの言い分はわかるが、それでも早すぎる気がした。

「まあ、ちょっと急いでもらうように頼んだりもしたけどね」

不動産屋のお姉さん、エミリオに圧をかけられたりして相当無理をしたんじゃないだろうか。

「あんまり取引先の人をいじめるなよ？」

「大丈夫。それに見合う利益は提示してあるから」

ちょっと彼女のことが心配になるが、エミリオはあくどいことはしないのでそこは信用してあげることにした。

ちゃんとした報酬が約束されているならば、社畜という生き物は頑張れるものだ。いや、ロクな報酬もなく長時間働かされるのが社畜なので、不動産屋のお姉さんは社畜ではないか。

それでもこれだけ早く住めるようになったのは、あのお姉さんの頑張りのお陰なので感謝しとくことにしよう。

エミリオと一緒に屋敷まで移動して門をくぐる。

すると、屋敷の扉が開いて中から数人のメイドらしき人たちが出てきた。

彼女たちは俺たちがやってくるのを待っていましたとばかりに、ぴっちりと並んで出迎えてくれた。

「おいおい、もう使用人がいるのか？」

購入してから僅《わず》か三日という早さだ。

さすがに使用人までは手が回っていないと思っていたので、これには驚きだ。

「だから、準備ができたって言ったじゃないか」

しかし、エミリオはさも当然のように言う。

この早さとなると商会にいる従業員を使ったんだろうか？　まあ、何にせよ使用人が既にいるのなら腹を決めて挨拶をするだけだ。

エミリオと並んで玄関に近づくと、長い銀髪に青い瞳をたたえた女性が前に出てきた。

「クレト様の屋敷の管理を任されることになりました。メイド長のエルザ＝ウォーカーと申します」

「今日からこの屋敷に住むことになりました、クレトといいます。これからよろしくお願い……ん？　ウォーカーって貴族じゃないか？」

普通に挨拶されたので聞き流しそうになったが、このメイドの名前には家名がついていた。

この世界では特殊な民族を除くと、家名がついているのはほぼ貴族だ。

ウォーカー家というのにも聞き覚えがあった俺は咄嗟《とっさ》に驚いてしまう。

「はい、私はウォーカー家の者です。とはいっても、しがない子爵家の四女なのでお気になさらずに。エミリオ商会の元で様々なことを学ぶために奉公に志願いたしました」

「貴族のご息女が、教養や箔《はく》をつけるために使用人として奉公に出るのはよくあることだよ」

エルザの言葉にエミリオがシレッと補足を加えてくる。

「ということは、他の使用人たちも……？」

「はい、みな男爵家の者のです」

エルザがそう言うと、傍《そば》に並んでいた三人のメイドたちが前に出てきた。

「ルルア＝ミストルテといいます」

「アルシェ＝ランドーラです！　よろしくお願いいたします！」

「ララーシャ＝エルフィオールといいます～」

最初に挨拶をしたのが金髪をツインテールにした比較的小柄な少女で、二番目が赤い髪を肩まで伸ばした元気のいい少女。そして、最後が薄いブラウンの髪をおさげでまとめたたれ目の少女だ。

年齢は恐らく十二歳から十五歳程度だと思われる。前世でたとえると女子中学生や女子高生だ。犯罪的なにおいしかしない。

そんな貴族家の少女がメイドとして屋敷にいるだなんて逆に落ち着かないぞ。

しかも、どれも取引先の貴族家だし、下手に失礼なことはできない。

「……エミリオ、お前この子たちを俺の屋敷に押し付けたな？」

「綺麗《きれい》な女性たちがいた方が癒《いや》されるし、帰ってきたくなるだろう？」

ジトッとした視線を向けて問い詰めると、エミリオはあっさりと白状した。

道理で俺が王都で屋敷を持つことに乗り気だったわけだ。最大の目的は俺の家を使用したり、倉庫代わりに使用することではなく、この子たちを押し付けるためだったのか。

「俺の中での癒し枠は田舎《いなか》なんだ。王都でそれを求めていない」

「……つまり、クレトの女はハウリン村にいると？」

「別にいないし、必要としていない。今の俺は女性との色恋沙汰よりも、落ち着いた生活を求めているんだ」

「クレトって、なんだか枯れているね」

その台詞《せりふ》、アンドレにも言われたような気がする。まあ、実際三十に近くなっているし、枯れているのは否《いな》めないけどな。

「クレト様の生活を快適にするために私共が誠心誠意頑張らせていただきますので、どうかよろしくお願いいたします」

「「よろしくお願いいたします！」」

「え、ええ。こちらこそ、よろしくお願いします」

こうして俺の家に若いメイドさんが加わるのであった。

◆

新しく買った屋敷に入るなり、俺とエミリオはリビングのソファーに腰かける。

屋敷にあるソファーだけあって、クッション性がしっかりしている。ちょうどいい身体《からだ》の沈み具合だ。

派手さはないが実用性はバッチリだな。俺の趣味にも合うので、やはりこの屋敷にして正解だな。

「紅茶を飲まれますか？」

ソファーの感触を楽しんでいると、エルザがワゴンを押して尋ねてきた。

そこにはティーセットが載っており、いつでも紅茶が楽しめるようになっている。

「ストレートでお願いします」

「僕は砂糖を少し」

「かしこまりました」

そう頼むと、エルザは恭《うやうや》しく礼をして紅茶の用意を始める。

静かなリビングの中でエルザが紅茶を用意する音だけが響き渡る。

リビングの出入り口にはアルシェが控えており、他の二人は別の仕事をしているのか姿は見当たらない。

「なんだか居心地《いごこち》が悪そうだね」

「自分の生活空間の中にメイドがいるっていうのが落ち着かないんだよ。それに形式上の立場は上だし」

西洋風の屋敷内であるが故《ゆえ》に、風景的にはフリルのあしらわれたメイド服を着た女性がいても違和感はない。むしろ、ピッタリとハマっているくらいだ。

しかし、ここは自分の家なので落ち着かない。すぐ傍にメイドがいるなんてオタクの聖地でもあるまいし。

「そういえば、クレトは商会でも誰かに命令するのが苦手だったね」

「昔は使われる側だったからね。下っ端根性が染みついているんだ」

それに俺の空間魔法は特別なので、同じ従業員にもあまり見せていない。それ故に、商会の中でも深く交流することはなく割と個人として動いていた。

だけど、複雑な人間関係のない働き方というのは実に自由でストレスフリーで。

今さら前世のような働き方には戻りたくなかったので悔いはない。

「どうぞ」

「ありがとうございます」

紅茶を差し出してくれたので礼を言うと、エルザが複雑な顔をした。

「……恐れながらクレト様。私たちはクレト様の使用人であり、ここでの立場は下です。そのような丁寧な言葉遣いは不要です」

「そうだね。そんなにかしこまっていてはどっちが上かわからないや」

エルザの言葉を聞いて、エミリオが優雅に紅茶を飲みながら笑う。

「そうはいってもまだ日も浅いしな。急には難しいよ」

「では、徐々にでいいので移行していってください」

「はい、わかりまし――わかったよ」

丁寧な言葉で返事しようとしたら、エルザのブルーの瞳がスッと細くなったので言い直した。

すると、エルザは満足そうに頷《うなず》いた。

このメイドさん、綺麗でお淑《しと》やかに見えるけど意外と物怖《ものお》じせずにハッキリと言うんだな。

貴族だからか言動に気品があるので妙《みょう》に力強いや。

でも、男のだらしない一人生活には、このようなしっかりとしたメイドがいた方がいいのかもしれないな。

第二十三話　屋敷でまったり

「クレト様」

「なんです——じゃない、なんだい？」

「エミリオ様から大まかな説明を受けているのですが、クレト様の二拠点生活というものを詳しくお聞きしてもよいでしょうか？」

エルザの紅茶を飲みながらお茶菓子を摘まんで一息つくと、エルザがしずしずと尋ねてきた。

「ああ、軽く聞いただけじゃ理解しにくいよな。エミリオ、俺の魔法については話しても？」

この屋敷を管理する責任者である以上、エルザには俺の生活を把握しておく必要がある。

二拠点生活などという特殊な生活をするのだ。空間魔法についてある程度知らせておいた方が混乱もないだろう。

というか、家に帰るのにこそこそと魔法を使うような真似《まね》はしたくない。

「エルザたちとは書類で守秘義務契約を交わしているから構わないよ。でも、全てまで話す必要はないかな」

本人たちがいるというのに、シレッとそんなことを述べるエミリオ。

まあ、確かにそれもそうか。必要最低限のことだけ話せばいい。

「じゃあ、俺の二拠点生活について説明するよ」

「お願いいたします」

俺は控えているエルザとアルシェに王都とハウリン村をいったりきたりする二拠点生活について説明する。長距離の移動については空間魔法という魔法で転移できることまで。

俺の説明を聞き終えたエルザは神妙な顔つきをしており、アルシェは信じられないとばかりの顔をしていた。

一度行った場所ならば、瞬時に移動できる魔法があるなんてとても信じられないよな。

「……エミリオ商会の異常な成長速度の理由がわかって納得いたしました。神出鬼没と言われていたのは、クレト様のご活躍だったのですね」

「確かに俺の魔法は便利で商会に大きく貢献したかもしれないけど、それを最大限に生かしたのはエミリオの手腕があったからだけどね」

「おや？　クレトがそんな風に言ってくれるだなんて照れるじゃないか」

エミリオがまったく照れた様子もなく肩をすくめる。

「エミリオ商会を大きくしたのが、俺一人のお陰だなんて勘違いされたくないからね」

臨機応変に動いた部分はあるが、それでもこれだけの成果を残せたのは紛れもなくエミリオの手腕だ。その功績は間違っても俺一人が独占していいものじゃない。

「こんな風にクレトは特別な魔法を持っている。ある程度知っている人はいるけど、二人とも無暗《むやみ》に言い触らさないように頼むよ？　じゃないと、クレトが君たちの屋敷に転移してなにをするかわからないからね」

「うええっ⁉」

エミリオの穏やかじゃない言葉を聞いて、出入り口で控えていたアルシェが悲鳴を上げた。

「……いやいや、そんな暗殺者紛いなことしないから」

「は、はい」

慌てて笑顔で取り繕ってみせるもアルシェの表情はぎこちない。

まあ、その気になれば俺に侵入できない建物は存在しないだろうな。どれだけ警備を厳重にしようが遠かろうが転移を使えば一瞬で中に入り込めるのだから。

「話を戻すけど、仕事のある時は王都にやってきて滞在する。それ以外はハウリン村にある拠点へ魔法で移動してそっちに住む。その際にはエルザに前もって言っておくから、エミリオに伝えてくれると助かる」

「うんうん。最近はクレトにあんまり仕事を入れていないけど、頼みたい仕事は突発的に入ってくるからね。王都にクレトがいなくて接触できない時は僕もエルザに言伝《ことづて》を頼んでおくよ」

「かしこまりました」

俺とエミリオの言葉を聞いてしっかりと頷《うなず》くエルザ。

「もし、予定の期日を過ぎてハウリン村に滞在するようなら、一度戻ってきて報告はするようにする。俺がいない間は屋敷の管理さえしてくれればいいよ。それだと暇を持て余すのなら、商会の方を手伝ってもいいし判断は任せる」

視界の端でエミリオがビクッとするのが見えたが気にしない。

「……わかりました。ひとまずは屋敷の維持に力を尽くし、様子を見たいと思います」

まあ、まずは最低限の仕事を完璧にこなしてからだしな。彼女たちがあまりにも暇すぎるのであれば、商会を手伝わせたり、人を減らすように動かしてもいいだろう。

◆

二拠点生活について、俺たちの働き方についてなどと相談していると、すっかりと時間は流れて夕方になった。

「それじゃあ、クレト。僕はこの辺りで帰ることにするよ」

「泊まっていかないのか？」

「少しやっておきたい仕事があってね。見送りは不要だよ」

ずっと屋敷でくつろいでいたので今日はこのまま屋敷に泊まっていくのかと思ったが、これから仕事をするようだ。

エミリオはそう言うと、颯爽《さっそう》とリビングを出て行った。

今日はちょっとした半休だったのかもしれない。

色々な思惑はあれど、このようないい屋敷に住めるようになったのはエミリオのお陰だ。

今度、会った時は改めて礼を言っておこう。

「クレト様。現在屋敷には料理人を雇ってはいませんが、お夕食はどうされますか？」

「あー、それについては忘れていたな」

宿暮らしが長かったせいか、食堂が身近にあるのが当然のように思っていた。

ここには料理人はいないし、専用の食堂もないのだ。一階に降りれば、すぐに料理が食べられるわけではないのだ。

「料理人を雇われますか？」

「うーん、毎日屋敷にいるわけでもないし、転移で外に出ている時は外で済ませることも多いからな」

転移が使える俺はその時の気分で外食に行くことが多い。一日、三食を家で食べることはまずないだろう。

そんな不規則な生活をしている主に合わせるのは大変だろうし、料理人が屋敷で待機していたら絶対に帰らないといけないっていう強迫観念に駆られてしまいそうだ。それでは俺の自由性が損なわれてしまう。

「外食にするかレストランに注文を入れて持ってきてもらう方がいいのかな」

大衆向けの食堂やレストランではそのようなサービスはやってはいないが、高級店ではそのようなサービスを実施している。

自分で転移で行って持ち帰るか、エルザたちに注文して持ってきてもらうこともできるな。

「もし、よろしければ私たちが作りましょうか？　勿論《もちろん》、プロの料理人には敵《かな》いませんが」

「え？　エルザたちは料理も作れるの？」

「奉公に出るために、それなりのものは作れるようになっております」

貴族の令嬢なのに自らが料理までもできるとは驚きだ。

エルザたちならば、基本的に毎日屋敷にいるのでその時々に合わせて料理を作ってもらうことも難しくはないいな。

「それじゃあ、悪いけど頼んでみてもいいかい？」

「かしこまりました。お食事のご用意をするのに少々お時間がかかりますので、先に湯浴みをされてはいかがでしょう？　既に湯船には湯を張っております」

「おお！　それじゃあ、先に風呂に入ることにするよ！」

真面目《まじめ》な話をしていたのですっかりと忘れていたが、この屋敷には大きなお風呂があるのだ。そのことを思い出すと楽しみで仕方がなかった。

「クレト様、お着替えの方は……」

「ああ、大丈夫。自分で取り出すから」

俺はそう言って亜空間から自分の着替えとタオルなんかを取り出した。

「……この目で見ると、その魔法のすさまじさが実感できます」

「すごく便利だからね。自分の荷物は後で出しておくから、それを部屋に入れておいてくれると助かるよ」

「お気遣い頂きありがとうございます」

突然の夕食作りに加えて、俺の荷物の整理までしていては手が回らないだろうしな。

最初に荷物を出していなかった俺が悪いし、急ぐべきことでもないので後でいいだろう。

そのまま着替えを持って、俺は脱衣所に向かう。

着替えを籠《かご》に入れて、衣服を脱ごうとすると傍《そば》でエルザがストッキングを脱いでいるのが見えた。

「ちょっと待て。なんでエルザがついてきてるんだ？」

「クレト様の着替えの手伝いや、背中をお流ししようかと思いまして」

さもそれが当然のようにエルザは言い切る。この世界のメイドさんは主人の着替えを手伝ったり、背中を流したりするのが普通なのか？

こんな綺麗《きれい》な女性に服を脱がせてもらって、背中を流してもらうなんて犯罪だ。そして、なにより俺が落ち着かない。

「……俺にはそういうのはいらないから」

「かしこまりました。ご用があれば、お気軽に申しつけくださいませ」

「ああ、ありがとう」

そう言うと、エルザは素直に引き下がりストッキングを身に着けると脱衣所から退室していった。

これでようやくゆっくりと湯船に浸《つ》かれる。

すると、エルザがいなくなったことを確認した俺は、衣服を脱いで浴室の扉を開ける。

浴場には温かい空気が漂っており、微《かす》かな湯気が出ていた。

「おお、やっぱりお湯が入っていると印象も違うな！」

俺の感激した声が浴場の中で反響する。

やっぱり湯船はお湯が入ってこそだ。下見の時の空の湯船とはまったく印象が異なる。

石造りの長方形型の湯船。まるで、旅館のような大きな風呂が自分一人のものだと思うと贅沢《ぜいたく》すぎるな。

手早く身体《からだ》を洗って、全身を綺麗にすると待望の湯船へと浸かる。

魔法具でお湯の温度が調整されているのか、ちょうどいい湯加減。それが全身を包み込む。

「はぁ……いい湯だ」

凝り固まった筋肉がほぐれ、血管が開いて血流の巡りが良くなっているような気がする。

温かなお湯に包まれてとても気持ちがいい。

ここ最近の疲れがお湯に流れ出ていくかのようだ。

縁《ふち》に頭を乗せてだらりと脱力するのが心地いい。

ずっとこのままでいたくなる。

ハウリン村の家とは違った豪奢《ごうしゃ》なものになってしまったが、これはこれで全然アリだな。

「クレト様、夕食ができました」

湯船から上がるとエルザたちが夕食を作ってくれたらしく、ダイニングテーブルにはステーキやプレーンオムレツ、サラダ、パン、カボチャのスープといった料理が並んでいた。

「…………」

「どうかされましたか？　何か苦手なものでも？」

「いや、ちょっと失礼かもしれないけど、意外と庶民的な料理を作るんだなと思って」

料理は本業ではないとわかっているんだが、どこかで量の少ないフレンチのようなものが出てくるんじゃないかと思っていた自分がいる。

「貴族の出とはいっても、しがない辺境の娘ですから。市井《しせい》の者と大した差はございませんよ」

「そ、そうなんだね」

確かにここにいるメイドの子たちは辺境に位置する子爵家、男爵家の娘さんだ。領地を継ぐことはなく、他家に嫁に出されることがほとんど。

それに四女や五女といった末娘では、貴族と結婚できるのも稀《まれ》なのだとか。大抵が自分より身分

が下の騎士家への嫁入りや商家への嫁入りになる。あるいは上の爵位を持つ貴族の第二夫人や愛《あい》妾《しょう》になることもあるそうだ。

もしかして、この人たちってエミリオへの嫁入りを狙って送り付けられた女性なんじゃや……。なんか考えれば考えるほど怖いような気がした。

貴族の世界を想像するのはやめておこう。今は目の前にある料理だ。

「それじゃあ、いただくよ」

「どうぞ、お召し上がりください」

エルザたちの作ってくれた料理はプロまでとはいかないものの、家庭料理の範疇《はんちゅう》を越える美味《おい》しさだった。そこら辺にある大衆食堂の料理なんかよりもよほど美味しい。

なので、俺は屋敷に住む時は基本的にエルザたちの作る料理を食べることに決めた。

まったく違うタイプの環境と家だからこそ、ぞれぞれの良さを楽しめるというものだ。

この日は王都の屋敷での生活を満喫し、ぐっすりと眠りについたのであった。

第二十四話　改築した家

「クレト様、本日はどうなさいますか？」

「ハウリン村の家の改築が終わっているはずだから、そっちに向かうことにするよ。とりあえず三、四日くらいは王都には戻らない」

宿屋から王都の屋敷に移り住んで一週間と少し。その間に俺はハウリン村で快適に過ごすための家具や食器といった生活道具を集めながら、時折商会の仕事をこなす日々を送っていた。

最初はメイドのいる日常に慣れなかったが、時間が経過するにつれて大して違和感を覚えることも少なくなった。困ったことがあれば、すぐにやってくれるし、エルザに至っては読心能力があるのかってくらい先回りして準備してくれているので快適この上ない生活だ。

本日が完成日で二週間目。

ハウリン村では家の改築が終わっているはずなので、俺は今日からハウリン村に向かうことにした。

本格的な二拠点生活の始まりである。

「エミリオには前もって言ってあるけど、念のために言伝《ことづて》を頼むよ」

「かしこまりました」

「とりあえず、三日したら屋敷に戻ってくるから、それまで屋敷の維持なんかをよろしく頼むよ」

「はい、いってらっしゃいませ」

恭《うやうや》しく頭を下げるエルザに見送られながら、俺はハウリン村に転移した。

すると、屋敷のリビングからハウリン村の自宅前へと景色が切り替わる。

「おお、ちょっと変わってる！」

自宅を見てみると、屋根や壁が新しく塗装されており綺麗《きれい》になっている。家の周りにはちょっとした柵が立てられており、裏口にはちょっとした庭ができていた。

ちょっぴりバージョンアップした外観にワクワクしながら、俺は家の中に……。

「あっ、そうだった。鍵を持ってなかったな」

玄関や扉を作り変えた時に、鍵も一緒に作り変えたんだった。

そして、その新しくできた鍵を俺はまだ受け取っていない。

これは大工さんの家まで取りに行かないとダメか……。

早く中を見たいというのに面倒だな。

「あー！　クレトだ！」

などと思っていると、少し遠めのところからニーナが手を振っていた。

アンドレ家とは少し離れている程度のご近所であるが、他に障害物もないために互いの家は良く見える。

ニーナが俺に気付いても何ら違和感はない。王都にはない、その距離の近さにどこかほっこりとする。

「新しい家の鍵！　うちが預かってるよー！　今から持っていくね！」

「おお、本当か？　それは助かる！」

どうやら家主の俺が村にいないことに気付いてか、友人のアンドレに渡してくれていたんだな。正直、大工さんの家がどこか知らなかったし、その配慮は大いに助かった。

少しの間待っていると、家に戻ったニーナが鍵を手にしてやってきた。

「はい、これ！　新しい鍵！」

「ありがとうな、ニーナ」

「ねえねえ、私も新しい家を見てもいい？」

鍵を受け取ると、ニーナが上目遣いで尋ねてくる。

「ああ、勿論《もちろん》だ。ニーナが最初のお客様だな」

「やった！　最初のお客様だ！」

快く許可すると、ニーナが元気いっぱいに喜ぶ。

もし、自分にも子供ができたらこんなにも可愛《かわい》いのだろうか。つい最近、色恋沙汰には興味がないと思った俺であるが、いつか家庭を築きたいと思う日がくるのだろうか。

……まあ、今は気になる女性もいないし、二拠点生活を楽しむことが優先なので当分は先だろうな。

そんなことよりも今は新居だ。

新しい鍵を差し込んで扉を開ける。すると、一般的な家よりも少し広めの玄関がお出迎えだ。

「うわー、綺麗な家だー」

「ちょっと待ってニーナ」

「え？　なに？」

新居の綺麗さに見とれたニーナがフラッと入りそうになるが、俺はそれを制止する。

「うちの家は土足禁止なんだ」

「土足禁止？」

「そう。入る時は靴を脱いで、このスリッパっていう軽い草履《ぞうり》みたいなのに履き替えるんだ」

王都の職人に作ってもらったスリッパを亜空間から取り出す。

やはり、自分の家に靴のまま入るというのはどうも落ち着かない。

王都の屋敷は土足のままで機能するように造られているし、掃除してくれるメイドだっている。

それに王都の中は基本的に石畳《いしだたみ》が敷かれているので靴が汚れることも少ない。

しかし、ハウリン村の道は土や草で満《み》ち溢《あふ》れている野道だ。土足のまま家に上がっては、その汚れ方は王都の屋敷の比ではないだろう。

だから、しっかりと靴を脱ぐスペースを作り、土埃《つちぼこり》が入ってこないように段差を作ってもらったのだ。この家の大きな改築ポイントの一つである。

「これが王都の文化なの？」

「いや、これは俺の拘《こだわ》りだよ」

「へー、クレトって、ちょっと変わってるね」

靴を脱いでスリッパを履いてくれるニーナ。

特に他意はないとわかってはいるが、その子供故《ゆえ》に素直な言葉に驚いてしまうものだ。

苦笑いしながら俺も靴を脱いでスリッパに履き替える。

「あっ！　でも、このスリッパってやつすごく楽！」

しかし、少し歩いただけでスリッパの快適さに気付いたのか、ニーナが手の平を返すように喜んだ。

「だろう？　靴の締め付けもなくて快適だし、床に土が乗って汚れることもないからな」

「すごいね。私も家ではスリッパがいいや」

なんて笑い合いながら俺とニーナは玄関の奥に進んでいく。

最初に入ったのは台所と併設されているリビングだ。

元々は台所とは区切られていたのだが、広々と過ごしたいがために壁をぶち抜いてもらった。

そのお陰かリビングがとても広々としているように見える。

「わー、台所すごく広いね！」

「台所が狭いと料理をする気がなくなるからな。台所も拘ったポイントだ」

田舎《いなか》では自分で料理を作って楽しんだりもする予定だ。

前世の１Ｋでコンロが一口しかなく、調味料や皿の置き場にも困るような台所は嫌だったからな。

その鬱憤《うっぷん》を晴らすかのように、この家の台所は広々としていた。

「クレトって料理ができるの？」

ニーナがきょとんとしたような顔で聞いてくる。

「ああ、一人暮らしが長かったからな。それなりのものはできるぞ」

「へー、男の人なのに料理ができるなんてすごいね！」

そんな風にニーナが言ってしまうのは、この世界では料理をする男性が少ないためである。

そんな中で俺は希少な料理のできる系男子なのであった。

「ありがとう。暇があったら一緒に料理でもしような」

「いいの⁉」

「皆で料理をして一緒に食べたり……そういうことができるように広めに作ってあるからね。俺が家に住んでいない時でも、ニーナやステラさんだったら勝手に入って、料理してくれてもいいよ」

そういう家族らしいことができるように。人との繋《つな》がりができるようなことをしたいと思っている。

前世では家族もいなくなり、深い関係の恋人も友人もいなかった。だから、この異世界のハウリン村では、前世では作り上げることのできなかった温かな関係を築きたいと思っている。

それに俺が住んでいない間に家を腐らせるのも勿体《もったい》ないしな。

前世で二拠点生活をしていた者も、自分が住んでいない時は他人に貸し出している人もいた。そんなやりくりの仕方を真似《まね》してみようと思った次第である。

ちょっとした集会や宴会がある時なんかも使わせてもいいのかもしれない。

「絶対やる！　母さんにも言っておくね！」

「ああ」

その後は裏庭や空き部屋、二階の寝室や物置部屋といった家の隅々までを確認した。

どれも満足のいく仕上がり具合で、大工は見事な働きをしてくれた。文句など一片もないな。

王都の屋敷とは大きさや機能も敵《かな》わないし、使用人だっていないけど、ここは紛れもなく俺の家だ。

むしろ、身の丈にあったサイズ感をしているために、こっちの方が家という実感は強いのかもしれないな。

第二十五話　生活家具の設置完了

家の中を一通り見ていくと、ニーナは畑のお手伝いをする時間になったらしく出て行った。

もう少し新居について語り合いたかったが、お仕事は大事なので仕方がない。

家に一人残った俺はそのまままったりとソファーでくつろいで……といきたいが、ここは王都の屋敷のように何もかも家具があるわけではないのでそうはいかない。

家の中にはほとんど物がなく、家と呼ぶには寂しすぎる状況。

しかし、俺はこんな状況を即座に打破すべく入念に準備をしていた。

王都で買い込んでいた家具の数々を亜空間から取り出しては設置していく。

一人では運べないような重さのものでも、そのまま亜空間から出してしまえば、わざわざ自分で運ぶ必要もないので楽ちんだ。

テーブル、イス、ソファー、カーペット、クローゼット、食器棚、本棚などといった生活家具をドンドンと設置していく。

すると、寂しかった部屋はあっという間に人の営みが感じられるものになった。

「おー！　自分だけの家っぽくなった！」

その出来栄えに思わず感動の声が漏れる。

前世の家ならスペースを気にして置けなかったソファーも、今では広いリビングの中央に堂々と鎮座している。ソファーを置いてもスペースを圧迫されることもない。

テーブルやイスも自分にとって座り心地《ごこち》のいいものを集めているので、センスはともかく自分としては大いに満足だ。

なんなら調子に乗って観葉植物なんて置いちゃっている始末。

「どうしても1Kの部屋でできるインテリアには限界もあったしな」

一人暮らしになると、どうも効率化を意識してしまうので無駄を省くものになってしまう。

イスは丈夫で壊れにくいものや、皿は装飾が少なくて洗いやすいものなどと。

しかし、異世界での暮らしにはしっかりとした時間と心の余裕がある。だから、今回は前世では切り捨てていたものなんかも買い込んでいるのだ。

リビングが終わると、台所に食器棚なんかを置いて食器を収納。さらに調理道具や調味料なんかも棚に入れていく。

「もう夕方か……」

玄関のインテリアを飾ったり、寝室を整えたりとしていたら、いつの間にか窓から夕日が差し込んでいることに気付いた。

夢中になって内装を整えたらあっという間に時間が経過していた。

実際に物を置いていくと、細々と足りないものが発見されたけど、どれも急ぐものでもないしゆっくりと買い足せばいいだろう。暗くなる前に準備が終わってよかった。

「これでもう生活ができるな」

たった半日で準備が終わるなんて、二週間前からの入念な準備のお陰だな。

達成感に満《み》ち溢《あふ》れていた俺はそのままソファーで寝転がる。しかし、ほどなくして扉がノックされた。

慌てて起き上がって扉を開くと、そこにはアンドレがいた。

「よう、クレト！」

「アンドレさん！」

「今日からここに住むんだろ？　仕事で遅くなっちまったが手伝いにきてやったぜ！」

ニカッとした笑みを浮かべて嬉《うれ》しいことを言ってくれるアンドレ。

「ありがとうございます。でも、準備はついさっき終わったんですよね」

「嘘《うそ》だろ？　改築したばかりですっからかんだったってのに、もう準備が終わったのか？」

駆け付けたはいいが、既に仕事は終わっていた。

ちょっと間抜けな事態にアンドレは呆然《ぼうぜん》としている。

「俺には荷物を便利に取り出しできる魔法がありますから」

「……相変わらずクレトの魔法はすげえな。って、ことは本当にもう手伝うことはねえのか？」

「そうなりますね」

「なら今から新居祝いでもするか！　ステラには準備で忙しいからって止められてたけど、終わってるんならいいだろう？」

「ええ、今から料理を作るのは億劫《おっくう》に感じていたので大歓迎です！　なんなら、うちの台所で料理してくれても構いませんよ」

時刻は既に夕方。家の準備を半日ぶっ通しでやっていたので昼食も摂《と》っていない。お腹《なか》は空いているけど、疲労で作る気力があまりないというジレンマに陥っていたので嬉しい提案だった。

全部を作ってもらうつもりはないけど、少し手伝うだけでいいのなら万々歳だ。

「ちょっと待ってろ。ステラとニーナを呼んでくる！」

アンドレはテンションが上がった声でそう言うと、玄関から自分の家へと走って戻っていった。

顔に見合わず若々しい姿を披露するアンドレが微笑《ほほえ》ましいな。

亜空間から追加のスリッパを取り出して並べていると、ほどなくしてアンドレがニーナとステラを連れて戻ってきた。

「またきたよ、クレト！」

「こんにちは、クレトさん。引っ越してきた初日ですが、お邪魔してしまって大丈夫なのでしょうか？」

食材を手にしたままおずおずと尋ねてくるステラ。

引っ越し初日に尋ねるって、ちょっと抵抗感あるものだからな。

「本当に大丈夫ですよ。家の準備は終わっていますので」

「それならお邪魔いたしますね」

「クレトの家は土足禁止だから、靴は脱いで、こっちのスリッパを履いてね」

安心してステラが玄関に入ってきたところで、ニーナがここぞとばかりに言い放った。

私は知ってるんだぞと胸を張るニーナが微笑ましい。

「ニーナの言う通りにしてくれると助かります」

「この草履みたいなのに履き替えればいいんだな」

「あっ、すごく軽くて楽ですね」

アンドレとステラは少し戸惑いながらもスリッパを履いてくれた。

そのまま三人を連れてリビングへと案内する。

「うわー！　朝と全然違って家らしくなってる！」

「とても広くて綺麗《きれい》ですね」

「これは驚いたぜ」

生活家具などが揃《そろ》って、すっかりと家らしくなっている室内にニーナたちは驚いているようだ。

「ここが台所です。調理器具や調味料も一通り揃っていると思いますので、自由に使ってもらっても構いませんよ」

「こ、こんな立派な台所を私が最初に使ってしまってもいいのでしょうか？」

控えめな台詞《せりふ》を言いつつも、ステラの目はキラキラと輝いていた。

「俺も手伝いますし構いませんよ。こうやって皆で使えるように広く作りましたから」

「とてもいい考えだと思います！」

どこか尊敬の眼差《まなざ》しを向けてくるステラ。

広い台所で皆と料理をすることに憧れがあったのかもしれないな。

「父さん！　クレトの家を探検しよう！」

「おお、そうだな！」

ニーナとアンドレは俺の家を探検するのか、意気揚々とリビングを出て行った。

「なんだか騒がしくてすみません」

「いえ、大丈夫ですよ。それよりも料理を作りましょうか」

「はい。とはいっても、いくつか家で作っていたものがあったので持ってきちゃいました」

そう恥ずかしそうに言うステラの手の中には大きな鍋が。

蓋を開けてみると、そこにはジャガイモのポタージュが入っていた。

ミルクとバターとジャガイモの香りが何ともたまらない。

「すごく美味《おい》しそうですね。冷製ポタージュですか？」

「はい。最近暑くなってきたので、冷たいものが欲しいなと思いまして」

「最高ですね」

この世界にも四季というものはあり、春、夏、秋、冬と四つの季節が巡ってくる。

そして、今はその夏に差し掛かる頃合いなので、ちょうどこのような冷たいものが欲しくなる季節なのだ。

「あと、鹿肉のローストも作ってきました」

「なにからなにまですみません」

「いえいえ」

「それらはほぼ完成品として、他には何を作りましょうか？」

ステラの手の中にはいくつかの食材がある。彼女のことなので、ただなんとなく持ってきたのではなく、何か作ろうと思っている料理があるはずだ。

「はい、キノコのアヒージョと肉野菜炒め。それと付け合わせのサラダを作ろうかと」

「それくらいなら俺でもお手伝いできます」

「頼もしいです。では、あの二人がお腹を空かせてしまう前に作ってしまいましょうか」

「ですね！」

ステラと笑い合った俺は、この家で初めての料理に取り掛かった。

第二十六話　微笑ましい光景

「……クレトさん、台所が私の知っている台所と違うのですが……」

料理を始めるなり、意外にもステラが呆然《ぼうぜん》としていた。

その理由は台所に設置された魔法具のせいである。

一般的な家庭では炭や薪を着火させて、その火を使って食材に火を通すというもの。

しかし、王都で買い上げた魔法具は、前世のガスコンロのようなものだった。

魔法具は高級なもので一般家庭には普及しておらず、ステラに馴染《なじ》みがないのは当然だった。

「ああ、これは魔法具でここにあるスイッチを押せば火がつきますよ」

「ボタンを押すだけで火がっ⁉」

「さらにこちらのレバーを操作すれば、火加減だって操作できます」

「火加減まで自在なんですか⁉」

数々の機能を聞いて、衝撃が強いのかステラが面白いくらいに反応してくれる。

それがちょっと面白い。

やがて水道も含む、台所にあるすべての魔法具の機能を説明するとステラは呆然としていた。

「……噂《うわさ》には聞いていましたが、魔法具というのは本当に便利なのですね」

「その分、値段はかなり張りますがね……」

正直、この家にある魔法具の数々と王都の屋敷の値段は同じくらいかもしれない。

それくらい一つ一つの魔法具というのは高額なのだ。

「では、魔法具を少しお借りします。クレトさんはそちらに置いてある食材を食べやすい大きさに切ってもらえますか？」

「わかりました」

多分、俺が肉野菜炒めの野菜を量産する係なのだろう。

まな板と包丁を棚から取り出すと、俺はキャベツ、ニンジン、ピーマン、タマネギといったものを食べやすい大きさにカットしていく。

これらの食材は前世でも使い慣れたものなので、今さら手順に困るものでもない。

「……ニーナの言っていた通り、本当に料理ができるんですね」

俺が野菜をカットしていくのを見て、ステラが感心したように言う。

「一人での生活が長かったですから」

「それでも自分で作れることがすごいですよ。アンドレはあまり手伝ってくれませんので」

これくらい一人暮らしの経験がある男性なら大概の人はできると思うが、この世界では男性があまり料理をしないので、このような過分な評価を頂いてしまうわけだ。

なんだかちょっと気恥ずかしい。

「ステラさんが頼めば、きっと手伝ってくれるようになりますよ」

「そうですかね？」

何せ、彼はステラの事が大好きだからな。普段の接し方を見るとよくわかる。

「クレトさん、オリーブオイルってありますか？」

アヒージョを作るためだろう。キノコをむしり終えたステラが聞いてきた。

「はい、上の棚に入っていますよ」

「……見たことのない調味料がたくさんありますね」

「転移で様々な地域に行くことが多いので色々あるんです。使ってみますか？」

「うう、興味はありますが、使いこなせる自信がないのでまた今度にします」

残念そうにしながらオリーブオイルだけを手に取るステラ。

確かに今から調味料の味をひとつひとつ調べて使うのは無理があるな。また今度時間のある時に使わせてあげようと思う。

アヒージョのためのスキレットを取り出して渡すと、ステラがそこにスライスした鷹《たか》の爪《つめ》、ニンニク、オリーブオイルを入れていく。

そして、おそるおそる先ほど説明した着火ボタンを押した。

「これでいいんですよね？」

「はい、ちゃんと点《つ》いてますよ」

魔法具で火を点けると、ニンニクや鷹の爪を炒めていく。

ニンニクの香ばしい匂いに食欲を刺激されながら、俺は野菜をカットしていく。

やがて、大量のキノコが投入されてオリーブオイルがぐつぐつと煮込まれていく。

「ふわー、いい匂い！」

その頃には家の中の探検を終えたのかニーナとアンドレがリビングに戻ってきていた。

香ばしい匂いを放つアヒージョに熱い視線を送っている。

その隣のコンロにあるフライパンにカットした野菜を投入。そして、ステラが持ってきてくれた鹿肉に塩胡椒《しおこしょう》を加えて、フライパンに投入。

「塩胡椒使いますか？」

「使います」

アヒージョにも使うだろうと思って調味料を手渡すと、ステラは手際よく味を調えていった。

「……クレト、俺が代わってやるからお前は休んどけ」

「え？　アンドレさん料理できるんですか？」

「こんなの炒めるだけで簡単だ」

アンドレがやってきて強引に台所から追い出されてしまう俺。

突然の交代とアンドレがどこか不機嫌な理由が俺にはわからない。

「……急にどうしたんだろう？」

「クレトと母さんが仲良さそうだねって言ったら、父さんが不機嫌になっちゃった」

「あー、それでか」

俺とステラさんが並んで料理している姿を見て、アンドレが嫉妬してしまったのだろう。

ステラも広い台所や魔法具、調味料に喜んでいる様子だったしな。愛妻家である彼としても面白くなかったのだろう。

台所では少しぎこちないフライパンさばきをしているアンドレを、ステラが嬉《うれ》しそうに見守っている。

結果としてステラの望んでいたアンドレとの料理が現実になったというわけか。

事情はちょっと違うが、これはこれでアリなのだろう。幸せそうな光景だ。

「ニーナ、食器の配膳を手伝ってくれるか？」

「わかった！」

もうすぐ、料理が出来上がることはわかっていたので俺とニーナは、それぞれの食器をテーブルに置くことにした。

「夕食ができました」

そうやって準備を整えていると、ステラとアンドレが作り上げた料理を運んできた。テーブルの中心にはジャガイモの冷製ポタージュ、キノコのアヒージョ。鹿肉のローストとサラダに肉野菜炒め。そして、俺が亜空間から取り出してバスケットに入れたパンだ。

スープや肉野菜炒めをそれぞれの皿に盛り付け、アンドレがいつものようにワインを注いでくれる。

「……そのワインも少なくなってきましたね」

注ぎ終わったワイン瓶を見ると、既に中身は四分の一になっていた。

あまり減っていない様子からたまに少しずつ呑《の》んでいるのだろう。

「ああ、そろそろ買い足さねえとな」

「いくつか王都のワインもあるので、今度呑みますか？」

「本当か!?　是非呑ませてくれ」

「いいですよ」

取引先にはワイン好きの人も多くいるので、いくつか亜空間に収納しているのだ。

俺はたまにしか呑まないので、随分と量が溜《た》まっている。亜空間で保存しておくよりも、ワインが好きな人が呑む方が幸せだろう。

「それじゃあ、クレトのハウリン村での新生活を祝って乾杯だ！」

「「乾杯！」」

アンドレの威勢のいい声に合わせてグラスや杯をぶつけ合って乾杯だ。

ワインで軽く口を潤すと、まずは冷製ポタージュだ。

スプーンをくぐらせると真っ白なポタージュが。その美しさにうっとりとしながら口に運ぶ。

ひんやりとしたポタージュが口内に広がる。ジャガイモ、ミルク、バターの甘みがしっかりと出ていて美味《おい》しい。スライスされたオニオンやベーコンも入っており、食感と味の程よいアクセントになっていた。

「冷たいポタージュが身体《からだ》に染みますね」

「冷たくて美味しい」

これにはニーナもにっこりだ。

夏バテして食欲のない日でも、これならいくらでも食べられる気がする。

俺も今度家でも作ってみようかな。

ジャガイモのポタージュを味わうと、次は鹿肉のローストとサラダ。

赤いソースとからめながらレタスやスライスされたオニオンと一緒にいただく。

イチゴのような酸味の感じられるソースと鹿肉の強い旨味《うまみ》が口の中で広がる。そして、その濃厚な味をレタスやスライスされたオニオンが中和してくれて気持ちがいい。

「このソースはイチゴですか？」

「はい、木苺《きいちご》を煮詰めて作ったソースですよ」

「へー、お肉ととても合いますね！」

木苺のソースが肉とここまで合うとは思っていなかった。

少し野性味の強い癖のある鹿肉でも、このソースが加わることによって誰でも食べやすいものになっていた。

「うん？　このパンいつものと違わないか？」

アンドレがバスケットから取ったパンを手にして首を傾《かし》げた。

「それは王都のパン屋で作られたものです」

ゼロからパンを作るのは面倒なので、パンだけは俺の亜空間から取り出したものだ。

「真っ白でふわふわですね。この辺りで作られているものとは根本的に違う気がします」

「小麦をふんだんに使い、魔法具の窯《かま》でじっくりと焼き上げているそうですよ」

「色々と蓄えているんだな」

「亜空間に収納して、いつでも取り出して食べられますからね」

こんな便利な魔法があるのだ。有効活用してあげないと勿体《もったい》ないからな。

このパンは特にお気に入りなので、たくさん収納してあるのだ。

「王都の味がする！」

ニーナは王都に一度も行ったことがなく、俺が転移で連れて行ったのが初めてであるが、幸せそうな顔で食べている彼女に無粋な突っ込みはしない。

ステラの作ったアヒージョに浸して食べると、旨味を吸い込んだキノコとオリーブに非常にマッチしていた。

アヒージョとパンを食べると、最後にアンドレが仕上げてくれた肉野菜炒めを食べる。

しかし、何故《なぜ》だろう。想像していたよりも食感が硬い。

「……アンドレさん、これちょっと火の通りが甘いんじゃないんですか？」

「そんなことねえだろ。ちゃんと食えるはずだ」

「……野菜が硬い」

「マジかよ、ニーナ!?」

俺だけじゃなくニーナにも言われて、ショックを受けている様子のアンドレ。

「次はちゃんとした肉野菜炒めが作れるように練習しましょうね？」

「お、おう」

だけど、ステラはもう一度アンドレと料理できることが嬉しいのか、微笑みながら肉野菜炒めを食べていた。

第二十七話　優雅な朝

窓から差し込んでくる暖かな光によって、俺の意識は浮上した。

瞼《まぶた》を開けると真っ白な天井が広がっている。むくりと身体《からだ》を起こすと、そこは狭い室内であった。

「ああ、そっか。ここはハウリン村の家だったな」

昨日までずっと王都の屋敷で寝泊まりしていたので、あまりにもスケールの違う室内に少し戸惑ってしまった。

屋敷と比べると頼りないかもしれないが、これが普通の家というものだ。

瞼を擦りながらベッドから立ち上がり、カーテンをめくって一気に窓を開ける。

すると、ハウリン村の澄んだ空気が寝室に入り込んできた。

勢いよく入ってきた風が前髪をめくりあげる。季節は夏に近いが、早朝だとまだ過ごしやすい気温をしている。

前世のようにアスファルトで覆われていないので、熱が溜《た》まったりしないからだろう。

外には綺麗《きれい》な草むらが広がっており、その奥には森がある。

綺麗な自然を見ていると心が和むな。青い空と緑の地上のコントラストが素晴らしい。

少しの間風を浴びていた俺は、寝間着を脱いで私服へと着替える。

いつもの商人スタイルではなくどこにでもいるような村人Aの姿だ。

ハウリン村では王都のような煌《きら》びやかな生活はしていない。商売相手がいないので見栄《みえ》を張る必要もない。等身大の自分でいいのだ。

ごく普通の村人服に着替えると、俺は寝室を出て一階のリビングへと降りる。

洗面台で顔を洗うと、そのまま台所に移動して魔法具のコンロを着火。

フライパンを置いて油を引き、亜空間から取り出した卵を割り入れる。

油の弾《はじ》ける音が静かな台所に響き渡った。

目玉焼きを作っている間に食器棚から平皿を出して、亜空間から取り出した食パン、レタス、スライスしたベーコン、トマト、チーズをのせていく。

それらの作業を終わらせた頃には、目玉焼きが出来上がっていたので、すかさず具材として挟んでやる。

「簡単、亜空間サンドイッチの完成だ」

亜空間から取り出して、食材を焼いて切って挟むだけなので誰でも作れるだろう。

普通ならテーブルに着いてお行儀よく食べるところなのだが、ここには俺しかいない。

なんだかんだと口うるさいエルザがいないので、台所に立ったままでサンドイッチにかぶりつく。

塩っけの利いたベーコン、チーズの味がパンとよく合う。そして、瑞々《みずみず》しいレタスや酸味の利いたトマトが優しく包み込んでくれる。

黄身を硬めにした目玉焼きの味がいいアクセントだ。

これだけの具材があるというのに、それを一つにまとめてしまうパンというのは本当にすごいものだ。

誰にも邪魔されることなく一人で味わうサンドイッチが最高だ。

エルザたちは出自がいいだけあって、立ちながら食べていると注意してくるからな。

しかし、ここは俺一人の世界。誰にも注意されることなく自由にふるまえる。

気ままな一人暮らしの特権だ。

締めるところは締めて、だらけるところはだらける。こんな切り替えができるのも二拠点生活ならではの良さだろう。

「ごちそうさまでした」

サンドイッチを食べ終わると、平皿を流し台でそのまま洗ってしまう。

昨夜の夕食が豪勢だったので、朝食はこれくらいでちょうどいいのだ。

朝食を済ませると、俺はサンダルを履いて裏口に出る。

そこにはだだっ広い草むらが生い茂っている。ただそれだけの光景であるが、緑に囲まれているだけで心が落ち着くというものだ。

朝の陽《ひ》ざしを浴びながら、ゆっくりと深呼吸すると土の匂いや草の匂いがした。

「少し凝り固まった身体をほぐすかな」

身体を動かしたい気分になったので、元気よくラジオ体操をやり始める。

懐かしいな。小学生の頃は近くの公園にスタンプとお菓子を貰《もら》いに、ラジオ体操に励んだものだ。

「クレト、おはよー！」

身体を捻《ひね》ったり、伸ばしたりしているとニーナが元気な声を上げてやってきた。

家を出てみたら裏庭に俺がいたから声をかけにきたのだろう。

たったそれだけだが朝から誰かが挨拶をしてくれるだけで心が晴れやかになる。

「おはよう、ニーナ」

「何してるの？」

「ちょっとした体操というか、身体をほぐしているんだ」

「へー、なんかわかんないけど私もやる！」

奇妙な動きに興味を示したのかニーナが横に並んだ。

「じゃあ、俺の動きを真似《まね》してみてくれ」

「うん！」

半分まで済ませていたけど、ニーナのためにも敢《あ》えて最初からラジオ体操をやってみる。

「あはは、変な動き」

「そうかもしれないけど、これをやると身体がスッキリするんだぞー」

科学的とされる体操であるが、知らないニーナからすれば奇妙な動きに見えるらしく、ひとつひとつの体操をするごとに笑っていた。

朝からご近所さんと並んでラジオ体操をする。なんて平和な光景なんだろうな。

「これで終わり」

「えへへ、なんだか楽しかった！」

「おはようございます、クレトさん」

ラジオ体操を終えて笑い合っていると、ステラがにこやかに挨拶をしてくれる。

「おはようございます、ステラさん」

「朝からニーナの相手をしてもらってすみません」

「いえいえ、相手してもらってるのは俺の方ですよ」

こんな可愛《かわい》らしい少女が俺に構ってくれるだけで、こちらとしては一日の活気が湧くというものだ。

「ニーナ、そろそろ畑仕事をやるわよ」

「はーい！　クレト、またね！」

「ああ、またな」

などと別れを告げる俺たちであるが、ここからアンドレ家の畑は見えているので視界の中にはずっといたりする。

それが何ともいえないご近所らしくて笑ってしまうな。

さて、ラジオ体操も終わってニーナもいなくなってしまうと暇になった。

本当に俺はニーナに相手してもらっていたことを痛感した気分。

「まあ、こういう暇な時間を楽しむのがいいんだよな」

亜空間からイスを取り出して、そこに座る。

ゆったりと日陰で涼むのは中々にいい。

「アンドレさんの言っていたようにソーセージを焼いて食べてもいいけど、さっき朝食を食べたばかりだしなぁ」

そんなものを食べるとワインも呑《の》みたくなるが、さすがに朝からそれはどうなのだろうな。

いや、朝から呑むっていうのもおつだけど、今日はのんびりと過ごしたい気分。

ボーっとイスに座って考えていると、涼やかな強い風が吹く。

それに伴い前方にある森がザザーッとざわめきを立てた。

「そういや、前に作ったはいいが使ってなかったものがあるな」

木々を見て閃《ひらめ》いた俺は、即座に立ち上がって移動する。

森の中は、鬱蒼《うっそう》とした枝葉のお陰で少し視界が悪い。

すぐ傍《そば》で小川が流れているからか微妙に涼しく、清涼感のある水の音がしていた。

「うん、ここならいける」

木の太さと間隔を確かめた俺は亜空間から手作りのハンモックを取り出した。

エミリオの商会でロープが余っていたので、拝借して暇な時に作っていたのである。

それを二本の木に巻き付けてしっかりと縛ると完成だ。

ハンモックが落ちたりしないことを触って確認したら、ゆっくりと足を乗せて寝転がる。

ハンモックに乗り込んだことでフラフラと揺れたが、それはすぐに収まった。

体重がロープに預けられて、独特の浮遊感に包まれる。

だけど、それがすごく楽で心地いい。

木々の隙間から微《かす》かに青い空が見え、木洩《こも》れ日が俺の身体に落ちている。

「森の中でのハンモックは最高だな」

家の中にも設置してやって、ハンモックで寝るのもいいかもしれないな。

重さを感じない心地よさに身をゆだねて目を瞑《つぶ》っていると、近くで人の気配を感じた。

思わず目をあけると、そこには興味津々な様子のニーナと苦笑いしているステラがいた。

「……ねえねえ、クレト。これなに？」

「ハンモックっていう野宿するための道具だけど……畑仕事はいいの？」

「だって、クレトが面白そうなことするから気になるんだもん！」

気になっていたので問いかけると、ニーナが頬《ほお》を膨らませながら言った。

そうか。俺がハンモックをかけて寝転がる様子が畑から見えていたのか。好奇心旺盛なニーナからすれば、さぞ気になっただろう。

もうちょっとニーナのことを考えて、人目につかないところに掛ければ良かったかな。

「なんかごめんよ」

「ねーねー、私もこれ乗りたい」

「ああ、いいよ。俺が押さえててあげるから寝転がってみて」

「やったー！」

「すみません、少しだけやらせたらすぐに戻りますので」

「気にしないでください」

俺がハンモックから降りるとステラが申し訳なさそうに言う。

これは俺が悪いのでステラが謝ることではない。

「はい、ここに乗って」

「うん！」

とりあえず、ハンモックを手で押さえてニーナを乗せてやる。

ニーナがしっかりと寝転がれたことを確認した俺は、ゆっくりと手を離した。

「うわー、これすごく楽しい！」

ハンモックで寝転がりながら無邪気な声を上げるニーナ。

ハンモックの楽しさにニーナもすっかりと虜《とりこ》になってしまったようだ。

「揺らしてやるー」

「きゃー！　あはは！」

「ニーナ、満足した？　そろそろ畑に戻るわよ」

ちょっかいをかけて遊んでいると、ほどなくした頃合いでステラが終了宣言。

「母さんもこれ乗ってみて！　すごく楽しいから！」

「ええ？　私も？」

しかし、ニーナは帰るのではなくステラとの交代を促し始めた。

どうやらこの楽しさを分かち合いたいらしい。

「ほら、寝転んで！」

「どうぞ」

「あ、ありがとうございます」

ニーナと俺でハンモックを押さえてあげると、ステラはおずおずと寝転んだ。

「あっ、いいですね……」

「でしょでしょ？」

「――はっ！　ここでのんびりしてたらダメ！　畑仕事をしないと！」

ステラは三分くらい目を瞑った後に理性を取り戻したのか、ハッと我に返った。

「えー、もう今日はハンモックで遊ぶ日にしようよ」

なにその平和な日。いつか暇があったらやってみたいかも。

「ダメよ。作物は私たちと同じように生きているんだから。きちんと世話してあげないと。行くわよ」

「はーい。じゃあね、クレト」

これ以上誘惑には負けないとばかりに離れるステラと残念そうにするニーナであった。

◆

「クレト、ハンモックに乗せてくれ」

「私も乗るー！」

夕方になると、アンドレがニーナを伴ってやってきたので、また掛けて乗せてやった。

第二十八話　畑づくり

ハンモックでのんびりと過ごした翌日。

俺はアンドレの家の傍《そば》にある畑にやってきていた。

「どうしたんだクレト？　畑なんて見てよぉ」

「うちでも何か育ててみたいと思いまして」

「あー、最初に来た時に何か作物を育ててみたいって言ってたな」

俺が初めてハウリン村に来て言った話を思い出したのか、アンドレが納得したように頷《うなず》く。

育てる参考としてアンドレ家が育てている作物を覗《のぞ》きにきたわけである。

「よし、それなら約束通り、俺が手伝ってやろう。ちなみにクレトは農業の経験はあるか？」

「……恥ずかしながら家で小さなものを育てたことがある程度です」

生憎《あいにく》と前世は農家の息子というわけではなかったので、まともに畑で育てた経験もない。精々が中学生の家庭科の授業や、家庭菜園で育てていたプランター程度だ。

この経験ならば、初心者といっても過言ではないだろう。

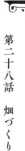

「それなら最初は簡単なやつから始めた方がいいな」

「今からでも育てられる初心者におすすめの作物とかありますか？」

「……クレトの場合は転移で王都に行く日もあるし、毎日世話しないといけないやつはダメだな」

「そうですね。できれば、あまり手がかからない作物がいいです」

自分は農業については初心者だ。それにずっとハウリン村にいるわけではなく、王都でしばらく過ごしていることもある。毎日欠かさず手入れをしないといけないものでは難しい。

理想をいえば、適度な世話だけで勝手に成長してくれる作物がいい。

それって農業の意味があるのか？　などと言われてしまいそうだが、それでも俺も何か作物を育ててみたい。

「うーん、あまり手がかからない作物かぁ」

「それでしたら、ネギやガガイモがいいのではないでしょうか？」

アンドレが腕を組んで唸《うな》っていると、ステラが声をかけてきた。

「あー！　確かにそれだったらクレトでも何とかなりそうだな！」

「そうなんですか？」

アンドレはピンときているようだが、それらについて知らない俺はピンとこない。

「ネギは植木鉢やバケツなんかの小さなスペースでも育ちますし、ガガイモは植えてさえしまえば勝手に育ちますので、忙しいクレトさんでも大丈夫だと思います」

「なるほど。確かにそれなら俺でもできそうな気がします」

「畑にいくつか植えてありますので見ていきますか？」

「是非、お願いします」

実物があるのなら見ておきたい。その方が育てる活力になるし、イメージも湧きやすいからな。

ステラに案内してもらって畑の奥に進んでいく。

すると、青々とした太いネギがズラリと並んでいた。

「これがうちで育てているネギです」

「…………想像していたネギよりもデカいんですけど」

ネギという名前がついていたのでネギだとは思っていたが、自分が想像する三倍は太い。

色々な場所に転移してきたが、こんなに大きいネギは見たことがなかった。

前世であった品種改良の施されたブランドネギとかに匹敵するような大きさだ。

「そうか？　この辺りではこれくらいのサイズが普通だぜ？」

「他の地域では違うのですか？」

アンドレとステラにはそのような自覚がないのか首を傾《かし》げてきょとんとしている。

まるで、これが普通のネギだと言わんばかりだ。

「他の地域ではこれくらいの大きさでもっと細いですよ」

「なんだそれ？　本当にネギか？　ただの雑草なんじゃねえか？」

「それは細いですね」

試しに一般サイズを手振りで伝えてみると、アンドレとステラは驚いている様子だった。

というか、アンドレ。雑草は酷《ひど》いと思うぞ。

「ちょっと齧《かじ》ってみるか？　このままでも美味《うま》いぜ？」

「では、いただきます」

アンドレがネギを引っこ抜いて半分に割ってくれたので、俺はそのままかぶり付いた。

「甘っ！」

まるで最初から煮込まれて甘みが増しているネギのような甘さだ。そこに青臭さというものはほとんどない。

「煮たり焼いたりしても食べられるが、そのままでも美味いぜ」

「料理にも便利で、ついおかずの一つとして加えたり、薬味にもなったりします」

「育てやすくて料理にも使いやすいっていいですね！」

ネギであれば、どのような料理でも使うことができる。育てたはいいが使いづらい作物とかだと困るしな。

「次はガガイモです」

ステラに案内されて移動すると、今度は整然とした畝《うね》にガガイモの葉が生えていた。

「こいつらはなんといっても丈夫だからな。多少、世話をサボっちまうことがあっても生き延びる。

世話も最低限でいいから楽だな」

「普通のジャガイモより長細いのが特徴です」

そう言ってステラが生えているガガイモを一つ掘り出してくれる。

普通のジャガイモは丸々としているが、ガガイモは楕円形《だえんけい》となっており少し細長い。

ジャガイモとさつまいもの中間的な大きさだ。

「こんな感じですがいかがです？」

「二人の説明を聞いていると、この二つなら育てることができる気がしました」

「では、ネギの苗と種芋をお裾分けしますね」

「いいんですか？」

「うちにはたくさんあるから気にすんな」

「ありがとうございます！」

◆

アンドレとステラからネギ（特大）の苗が入った植木鉢と、ガガイモの種芋を貰《もら》った俺は、ひとまず自宅に戻る。

ひとまず植木鉢のものはこのままでもしばらく育てられる。というか、その気になれば、植木鉢の中でも育てられる作物だ。

しかし、どうせなら畑を作って自給自足をしてみたいと思うのが俺の心なので、これで満足せず、将来のために畑づくりを開始することにした。

作るのは家の裏口だ。とはいえ、家の傍ではイスやテーブルを設置したのんびりスペースとなっているので、少し距離を離したところに作ることにする。

アンドレにおすすめされた横三メートル、縦四メートル程度の広さにする。

どこの一軒家の庭でもできる家庭菜園という程度の広さだ。

いきなり巨大な畑を作って管理することは難しいからな。慣れて余裕ができれば広げればいいのだ。

ロープを張って、畑の大きさを正確に定めると、次は鬱蒼《うっそう》と生えている草の除去だな。

「ん？　待てよ？」

亜空間から草刈り鎌を取り出したところでふと思った。いちいち、鎌で草を刈っていくよりも空《くう》間斬《かんざん》で一気に刈り取ってしまった方が早いのではないかと。

「空間斬」

ロープで区切った範囲に生えている草に狙いを定めて魔法を発動。

草の根元から地面すれすれの空間を切り取ると、現実にもそれが反映されたのか草が一斉に根元で切断された。

「おお、これは楽だな」

あっという間に畑に生えている草を切断してしまった。まだ根が残っているだろうが、それは鍬《くわ》で土を耕してしまえば、簡単に掘り出せてしまうだろう。

一番の苦行ともいえる作業を大幅にカットできたのは嬉《うれ》しいものだ。

切断された草木を集めて畑の端に寄せてしまう。それから亜空間から鍬を取り出すと、土を耕していくついでに根を除去していく。

「うん？　土の掘り起こしも空間歪曲《わいきょく》でできるんじゃ……いや、あれはなんか危ない気がするからやめておこう」

できそうな気もするけど、畑が変になりそうなのでさすがに自重することにした。

大人しくザックザックと鍬を突き立てて土を掘り起こす。やるべき作業はただそれだけ。かなり地味であるが、この単純な作業が嫌いではなかった。

自然に囲まれながらこうやって鍬を振るうことに憧れていたからな。

「おーい、クレト。うちで使っている肥料を分けてやるから、今度耕した時に混ぜて――って、もう耕してるのか？」

「あ、アンドレさん！　ありがとうございます！」

土を耕していると、アンドレは肥料の入っているらしい麻袋を持って声をかけてくれた。

「てっきりまだ草刈りをやってると思ってたんだが……」

「面倒な草刈りはちょっと魔法で楽しちゃいました」

「……どんな魔法を使ったんだ？」

アンドレが尋ねてくるので、俺は畑の周りにある草に空間斬を発動。

すると、先ほどと同じように草がひとりでに切断された。

「こんな感じです」

「……この肥料やるから、うちの庭の雑草もそれで除去してくれねえか？」

「分けてくれるんじゃなかったんですか？」

「交換条件だ」

ついさっきまでは、無料でくれるような雰囲気を出してきたというのに。

作物を育てるのに力を貸してくれるのではなかったのかと問いたいが、既に相談に乗ってもらい種芋や作物までも貰っている様だ。さすがにこれ以上厚かましいことは言えなかった。

「じゃあ、肥料を使った範囲分の草だけ除去することにしましょう。それで対等ですね」

「おいおい、そりゃ細かすぎないか⁉」

「冗談ですよ。引き受けますけど、俺がやるのは刈り取りまでですからね？」

そこまでは魔法で楽にできるので広範囲でも構わないが、根元まで駆除するのは鍬などを使う必要があるので、ちょっと重労働だ。

「ああ、助かる。それにしてもおっかねえな。冗談でも商人相手に交渉なんてするんじゃなかったぜ」

「大丈夫ですよ。本当の商人はもっと怖いですから」

「……それ、全然安心できねえよ」

その日は、自分の耕した畑に肥料を混ぜて、アンドレ家の自宅周りの雑草を空間斬で切断してあげた。

第二十九話　引っ越し祝いの品

ハウリン村にやってきて四日目。

朝食を食べ終わった俺は、昨日作った畑で畝《うね》作りをすることにした。

昨日は肥料を混ぜ込んで、アンドレの家の周りの雑草を切断していたので作業が途中だったのだ。

一つの畝が大体五十センチ程度なので、この畑だと少し余裕を持たせたとして六列は作り上げることができるな。

亜空間から鍬《くわ》を取り出すと、土を掘り上げて丁寧に畝を作り上げていく。

「やっぱり、こうやって何かすることがあるというのはいいな」

仕事や家事とは違った趣味だろうか。自分のやりたい事に打ち込める時間があるというのは幸せだ。

長期間の休みや自由時間にまだ慣れていないので、こういった趣味があると時間にメリハリもつく。

それに転移を使うことが多いので一般人よりも少し運動不足気味だ。こうやって、きちんと身体《からだ》を動かさないとな。

「あら、もう畑を作ってるだなんて偉いね！」

四列目の畝作りをしていると、不意に声をかけられた。

思わず振り向くと、そこには見覚えのあるおばさんとおじさんが立っていた。

「あっ、テイラーのお母さんとグレッグのお父さん」

「前に会った時は名乗っていなかったね。あたしの名前はアンゲリカだよ」

「……グリフだ」

そう改めて名乗ってくれたアンゲリカとグリフ。

以前、テイラーとグレッグというハウリン村出身の冒険者が、頼んだ依頼の届け先がこの二人だったのだ。

「お久しぶりです！　こちらでも住むことになったというのに挨拶が遅れてすみません」

「そこまで気を遣わなくてもいいよ。引っ越してきて間もない時は忙しいものだからね。むしろ、あたしたちの方こそ急にやってきてごめんよ」

「いえいえ、引っ越しの片づけは終わりましたので大丈夫です」

「早速、畑づくりをしているところを見るとそうみたいだね」

「……なにを育てるんだ？」

ここでずっと口を閉じていたグリフが作っている途中の畝を見ながら尋ねてきた。

「まずは簡単なネギとガガイモをやろうかと」

「……ガガイモを育てる畝はもう少し高くした方がいい。根が大きく広がる」

「ありがとうございます。そうしてみます」

「ああ」

どうやら俺が作っていた畝は少し低かったようだ。

グリフのアドバイス通りに、後でもう少し土で盛り上げておくことにしよう。

「……それとこれをやろう」

グリフは満足げに頷《うなず》くと、唐突に肩にかけていた麻袋を渡してきた。

「これは？」

「……先日の依頼の礼と引っ越し祝いだ。うちで作った食器を入れてある。よかったら使ってくれ」

袋の中を覗《のぞ》くと木屑《きくず》がクッションとなっており、中には布に包まれた何枚もの皿が見えていた。

「あたしからは自家製のバターとチーズさ」

アンゲリカがそう説明するなり、抱えていた丸い木箱を二つほど渡してくる。

麻袋で片手が塞《ふさ》がっているので開けられないが、中々に重量感のあるバターとチーズだ。

「グリフさんは家で食器を作っているんですか？」

「ああ」

「チラッとしか見えませんでしたけど、すごくしっかりしたお皿ですよね。こんなものが作れるなんてすごいです！」

前世でも今世でも俺は基本的に商品を売るという仕事をしている。

つまり、誰かが生み出したものを売りさばくだけで、自らが生み出す側に回ったことは一度もない。そんな自分からすれば、何かを無から生み出す人というのは尊敬に値するものである。

「……これくらい誰でも作れる」

「照れてるね」

「……照れてない」

少し相好を崩していたグリフであるが、アンゲリカに茶化されて即座に顔を仏頂面に戻した。ご近所さんだけあって気兼ねしない関係がいいな。

「アンゲリカさんの家では牛や羊でも飼っているんですか？」

「ああ、そうだよ。うちでは羊をたくさん飼っていてね。それらは羊のミルクからできたものさ」

「ああ、家畜を育てるっていうのもいいですね」

「家畜の中でも羊は特に楽だね。安定して毛が生えてきて、ミルクも出してくれるし、食肉としてもいけるからね」

「そ、そうですね」

軽い気持ちで言ったら、予想以上に現実的な飼育理由が返ってきてしまってちょっと驚いた。

「クレトも余裕ができたら何か飼ってみな。それじゃあ、あたしたちはそろそろお暇するね」

「新しい生活を頑張れよ」

「はい、お二人ともありがとうございます！」

軽く頭を下げてそんな二人の姿を見送ると、アンゲリカとグリフはそう声をかけると去っていった。

貰った食器は種類分けして家の食器棚に入れておいた。

アンゲリカ家のバターとチーズを少し見てみたが、とても大きくて濃厚そうだった。

バターは料理やパンに塗って食べることができるし、チーズだって万能の材料だ。

ただ炙って食べるだけでも十分に美味しいだろうな。

グリフの作った皿は、家にはない種類のお皿だったのでバリエーションが増えてとても嬉しい。

美味しい料理はいい皿からっていうしな。食事をする時の楽しみがまた一つ増えたものだ。

「にしても、皆しっかりとした役目を持っているんだな」

アンドレは腕っぷしを生かして狩りをし、村の警備をしている。ステラやニーナは畑で色々な作物を育てている。

アンゲリカは羊を育ててバターやチーズ。

グリフは食器類を自分で作ることができる。

それぞれが自分の方法で生きていく強みとなるものを見せていた。

彼等が互いに助け合い、物々交換をすることによってハウリン村での生活はできている。

自分は何か皆の助けになることができているのだろうか。

「こんにちは、クレトさん」

「あ、リロイさん」

そんなことを考えながら畝を作っていると、ハウリン村の村長であるリロイがやってきた。

「クレトさんの様子を見に来たのですが、なんだか浮かない顔だね？　どうかしたのかい？」

考え事をしている顔を見られてしまったのだろうか、リロイがどこか心配そうにする。

俺は少し話すかどうか迷ったが、そこまで大きくて言いづらい悩みというわけでもないし素直に話してみることにした。

「実はさっきアンゲリカさんとグリフさんが様子を見にきてくれたんですよ」

「おお、そういえば前回の依頼で彼女たちとは面識があったね」

「その時に引っ越し祝いの品を貰ったんですけど、アンゲリカさんは育てた羊のチーズやバターを。グリフさんは自分で作った食器をくれました。そんな彼女たちと比べて、俺はハウリン村で何か役に立てることがあるのかって思いまして」

俺は二拠点生活を送っているが故《ゆえ》に、ずっとハウリン村で何かをするという事ができない。

つまり、アンゲリカさんたちのように本腰を入れて何かを作ったり、作物を育てるということができないのだ。

せっかくこのようないい村にやってきたのに、俺だけずっと貰う側というのも申し訳ないものだ。

そんな俺の悩みを聞くと、リロイは神妙に頷いた。

「村の役に立ちたいというクレトさんの想いは大変嬉しい。だけど、そこまで生き急がなくていいんだよ？」

「生き急ぐ？」

「ハウリン村は御覧の通りの田舎《いなか》だ。人は少なく店の種類や遊ぶ場所もない。そんな小さな村故か、子供が生まれ育っても大きな街や王都に移住してしまう若者も多い」

確かにテイラーやグレッグのように田舎の生活に退屈さを覚えて冒険者になるものも多いだろう。

俺としてはこの静かなまったりとした生活がいいのだが、若者がそれを悟るというのも無理があるか。俺だってもう二十七歳だし。

「そんな中、王都に住んでいたクレトさんがわざわざうちの村を選んで移住してきてくれた。それだけでも私たちからすれば嬉しいものだよ」

「……そうなんですかね？」

「ああ、アンゲリカやグリフが顔を出しているのもその証《あかし》だ。久しぶりに外から若者がやってきて嬉しいんだ。だから、クレトさんはそんな風に考えなくてもいいんだよ。まずは自分の生活を楽しんで、余裕があればクレトさんなりに貢献できる何かをゆっくり探せばいい」

「ありがとうございます。もう少し気楽に考えてみますね」

「ああ、そうするといいよ」

村長であるリロイにそう言われると、なんだかすごく安心した。

こんな風に言ってくれる人が身の回りにいるなんてなんて幸せなことだろう。

やっぱり、ハウリン村にやってきてよかったな。

俺はリロイとなんてことのない会話を続けながら、しみじみと思うのであった。

第三十話　トマト農家のオルガ

畝《うね》を完成させてネギとガガイモを育てる準備を終えた俺は、気分転換に散歩に出かけることにした。

ハウリン村にやってきてまだ日が浅く、この辺りの地形には疎いので、こうやって暇を見つけて散歩することで土地勘を身に着けているのだ。

「今日はこっちの方に進んでみようかな」

リロイが住む中央広場を抜けて、さらに北上して進んでいく。

密集していた民家がドンドンと減っていき、やはり畑が増えてきた。

これも田舎《いなか》あるあるだな。

いくつも並ぶ麦畑を眺めていると、途中から支柱やネットがかけられているトマト畑らしきものを見つけた。

見覚えのある栽培方法やくっきりと見える赤い実は間違いなくトマトだろう。

緑の葉が生い茂る中、鮮明な色をした赤はかなり映えており誘われるように足が動く。

「おお！　綺麗《きれい》な色と形をしたトマトだ！」

近寄って見てみると、大きくて真《ま》っ赤《か》なトマトがついている。

しかし、このトマト。俺の知っている普通の丸々としたトマトとはちょっと形が違う。

まるで、タマネギのような形で先っぽがちょこんと尖《とが》っているのだ。

赤いタマネギのようで何ともそれが可愛《かわい》らしい。

表面を指で撫《な》でてみると、かなりツルツルとしており張りがあるのがわかった。

「きっと酸味と甘みを蓄えたジューシーな実なんだろうな」

「……おい、そこのお前。それ以上勝手に触ってみろ。トマト泥棒として訴えてやるからな」

「え？　俺ですか？」

振り返ると、そこには赤い髪に鋭い目つきをした若い男性がいた。

作業服を着崩して、黒いズボンを穿《は》いている。

見るからにヤンキーみたいな姿をした彼であるが、この世界の住人は基本的に髪も派手だし、王都の冒険者の方が遥《はる》かに強面《こわもて》なのでそこまで怖くなかった。

それにしっかりと麦わら帽子をかぶっている辺り、しっかり者という印象を受ける。

年齢は俺と同じか少し年下くらいか。ハウリン村で見かけたアンドレ以外の村人の中で一番俺と年齢が近いかもしれない。

「ああ、そうだ」

「すみません。つい、珍しい形のトマトを見つけたもので」

「……お前、見かけない顔だな？　この村の奴《やつ》か？」

「ええ、最近こちらでも生活をするようになりました、クレトといいます」

「ああ、お前が王都から移り住んできた変わり者の男か」

一応、王都から移住者がやってきたという事は伝わっていたのか、男性も納得したように頷《うなず》いた。

「変わり者なんですか？」

「便利で豊かな生活の送れる王都からわざわざこっちに移り住むなんて珍しいだろ」

確かにこのような年齢にして田舎に移住するというのは変わった部類に入るのかもな。

まあ、正確には二拠点生活なので、完全な田舎への移住というわけでもないのだけど。

「豊かだからといって王都が絶対的に良いわけでもないですよ？　人は多いですし、建物も多くて自然は少ないですから」

「ふうん、そういうものか。お前、王都からやってきた奴の割に話しやすい奴だな。いけすかねえ感じがしねえ」

「それはよかったです」

どうやら彼が前に会った王都出身の者はいけ好かなかったらしい。

俺は都会に住んでいるからといってマウントを取るような趣味はないので、そこら辺は安心してもらってもいいだろう。

「ただその畏《かしこ》まった口調は気に入らねえな。歳いくつだ？」

「二十七歳です」

「…………顔の割に意外といってんだな」

「ほっといてください」

アンドレやステラにも驚かれたので、やはりこの世界の人からすればもっと年下に見えているのだろうな。まあ、老けて見えるよりかはいいけど。

「俺はここでトマト農家をやってるオルガだ。二十二歳だが、村でも貴重な若い男同士ってことでため口でどうだ？」

「そうだな。俺もこっちで歳の近い友達が欲しかったし。よろしく」

オルガが提案しながら手を出してきたので、俺もため口で返しながらしっかりと手を握り返した。

別に年下だからといって、敬語を使われなければ怒るような小さな器はしていないつもりだ。

前世でも年下のエリートマンにこき使われるということもあったくらいだしな。

そんなことよりも今は、年齢の近い同性の知り合いができたというのが何よりも嬉《うれ》しい。

ガッチリとした彼の手から離すと、俺の手には結構な土がこびりついていた。

「すまん、今のはわざとだ」

「やりやがったな」

悪戯《いたずら》が成功したように笑うオルガの顔を見て、こいつとは仲良くできそうだなと感じた。

「ところで、オルガが育てているのはどういうトマトなんだ？」

オルガに汚された手を洗った俺は、畑に戻って気になっていたことを尋ねた。

オルガの育てているトマトは普通のトマトと違って、先っぽが尖っていてタマネギのような形をしている。

一般的に流通しているトマトとは、恐らく種類が違うのだろう。

商売人の端くれとして、このように見た事のない食材があると気になるものだ。

「どういうトマトって言われても、普通のトマトとしか言えねえよ」

しかし、尋ねられたオルガは眉間にシワを寄せてそんな風に答えた。

ただでさえ、ヤンキーみたいな顔をしているのでメンチを切っているように見える。

「普通のトマトはもっと丸い形をしているだろ？」

「そうなのか？　俺はうちで育てているこのトマトしか知らねえ。近くの村まで売りに行くことはあっても、それ以上遠くには行かねえからな」

ふむ、オルガ自身もあまり遠くまで行くことはないようだ。

まあ、村の外では人を襲うような魔物が闊歩《かっぽ》している異世界だ。ただのトマト農家であるオルガが危険を冒してまで、遠い街に行くようなことはしないよな。

「なあ、ちょっと一つ貰《もら》ってもいいか？」

「ちょっと待て。そっちの奴は熟していないから、こっちの奴にしとけ」

身近にあるトマトを触りながら言ってみると、オルガは視線をやるだけで熟成具合を判断し、違うものをもぎ取って渡してきた。

長年トマトを育てていると一目見ただけでわかるものなのか。すごいな。

「ありがとう。それじゃあ、いただくよ」

オルガに礼を言ってから、受け取ったトマトの匂いを嗅《か》いでみる。

少しの青臭さを含んだトマトの香りがしっかりとする。

撫でてみるとツルリと指が滑り、その滑《なめ》らかさはいつまでも触っていたくなる。

「いい加減食え」

「わ、わかってるよ」

トマトを愛でていると、イラっとした様子のオルガに突っ込まれたのでかぶり付く。

ツルッとした皮が弾《はじ》け、たっぷりの水気と酸味が広がる。

柔らかな果肉が舌の上で躍り、トマト本来の甘みをしっかりと吐き出す。

「おお！　普通のトマトよりも甘味と酸味が強い！」

「それはつまりどうなんだ？」

「滅茶苦茶美味《めちゃくちゃうま》いってことだ！　今まで食べてきたどのトマトよりも！」

「味には自信があった方だが、王都でも暮らしていたクレトに言われると悪い気はしないな」

素直に褒めちぎると、オルガはわかりやすく口元を緩ませていた。

やはり、苦労して育てているものを褒められると嬉しいのだろう。

形と美味《おい》しさからして、やっぱり普通のトマトとは違うのだろうな。トマトに含まれている水分や旨味《うまみ》が段違いだ。それでいて甘味と酸味のバランスもしっかりと取れている。

これは彼が思っている以上にすごいものだ。

しかし、肝心のオルガはハウリン村周辺から移動したことがないのでその実感が全くない。

むしろ、このトマトを普通のものだと思って育てているくらいだ。

正直、この味のトマトならブランド品として売り出してもいけるぞ。

高級料理店のシェフがこぞって使いたくなる品に違いない。

アンドレの家で育てているネギといい、ハウリン村には他の地域とは異なる特性を持った作物が育てられている。

しかし、辺境故《ゆえ》か育てている皆がその特別性に気付いていていない。

「これはしっかりと売ってあげたくなるな……」

こういった隠れた特産品を見つけるのも商人の醍醐味《だいごみ》でもある。誰もが気付いていないものに目をつけて、それにしっかりとした価値をつけて売るというのは痛快だ。

ハウリン村は王都とかなり距離があるので、王都の店に卸《おろ》すというのは不可能だろう。

しかし、転移ですぐに輸送できる俺がいれば、道中でトマトが傷んでしまうこともない。

……いつものようにやってみるだけで俺も村に貢献できるんじゃないだろうか？

正直、ハウリン村の方で仕事を関わらせるのは気が進まないことであったが、こんないい物を見つけてしまうと我慢できない。

ハウリン村の素晴らしい野菜を王都に戻った時にだけ輸送する。そう、自分の中でルールを作れば、こちらに大きな仕事を持ち込むことにはならないだろう。

「なあ、オルガ。このトマトを王都でも売ってみないか？」

「はぁ？」

第三十一話　自分のできること

「なあ、オルガ。このトマトを王都でも売ってみないか？」

「はぁ？」

俺の提案にオルガは間抜けな声を上げた。

「王都って、ここからどれだけかかると思ってるんだ。そんな所に売りに行けるわけねえだろ」

オルガの言い分はもっともだ。ここから王都までは馬車で一週間以上はかかる。

どれだけオルガの作っているトマトが素晴らしかろうが、保存技術がそこまで発達していないこの世界では輸送中に傷んで売り物にならなくなるだろう。

しかし、それは通常の輸送の場合だ。

俺ならトマトを亜空間で保存しておくことができるし、転移ですぐに王都に向かうことができる。

「距離や鮮度、そういった問題も俺なら解決できる」

「いや、無理だろ」

そう断言する俺に頭のおかしい奴《やつ》を見るような視線を向けてくるオルガ。

「よし、それじゃあ今から王都に行くぞ」

信じてもらえないのは慣れているので、アンドレと同じようにオルガも王都に転移させる。

ハウリン村にあるオルガのトマト畑から王都の中央広場へと視界が切り替わる。

「何言ってんだ――って、どこだこりゃ!?」

「王都だよ。俺の魔法でここまで飛んできたんだ」

「……マジかよ。ついさっきまでハウリン村にいたっていうのに」

オルガが状況を少し呑《の》み込《こ》めたところでハウリン村へと戻ってくる。

「お、おお……」

転移して戻ってくると、オルガは惜しいような安心したような複雑な表情を浮かべた。

「この力で王都に売りに行きたいと思うんだがどうだ？」

「待て。思考を整理させろ」

このような事態はまったく想定していなかったのか、オルガが神妙な顔で立ち尽くす。

「今の力があれば、クレトが王都だろうと売りに行けるのはわかった。だが、それを売《う》り捌《さば》く宛《あ》てがあるのか？」

「こう見えてもそれなりの商会の従業員だから、きちんと売り捌く伝手《つて》はある」

「……さっきのような人が大勢いる場所で、俺の育てたトマトが売れるのか？」

「なんだ？　初めて王都を見てビビったのか？」

ハウリン村周辺では自信はあっても、王都のような大都会を見てしまうとそれが揺らいでしまう気持ちもわからなくもない。

「うるせえ。実際、どうなんだ？」

茶化してみるもオルガは実に真剣な眼差《まなざ》しをしている。

本当に自分のトマトが売れる見込みがあるのか知りたいらしい。

だが、そんなのは愚問だ。

オルガの問いに俺は自信たっぷりに答える。

「売れると思っているからこそ声をかけているんだ」

「へえ、それならやってみてくれ。俺のトマトが王都でも通用するのか試してみたい。それに――」

「それに……？」

「金が欲しい」

決意のような言葉が続くと思っていただけに、急にオルガの口からストレートな欲望が出てきてずっこけそうになった。

今の絶対トマト農家としての意識の高い台詞《せりふ》が続くところだっただろう。

「お前、そんな真面目《まじめ》そうな顔してそんなこと言うのか」

「こんな田舎《いなか》じゃ大した収入は得られないんだよ。農家だって金が欲しいんだ」

「そうだな。お金は大事だし欲しいよな」

生きていくのにお金は必要だ。最低限の分があればいいとは思うが、余分に持っておいて損はない。お金だけが幸せとは限らないが、あればあるほど人生の幅は広がるものだ。

そして、何よりお金が欲しいから協力して物を売る。なんてわかりやすい。

でも、それはオルガの照れ隠しで本当は自分のトマトを大勢の人に食べてもらいたいんだろうな。でなければ、自分のトマトが売れるかなんて最初に問いかけたりしないわけだし。

まだ会って間もないがオルガがちょっと素直じゃないっていうのはわかった事だ。

「だろ？　そういうわけでよろしくな」

「ああ、任せてくれ」

差し出してきたオルガの手に土がついていないかを確認し、俺は握手を交わした。

◆

オルガのトマトを王都で売ることに決めた俺は、散歩を切り上げるとリロイ村長の家を訪ねた。

今はまだ個人のやっている範疇《はんちゅう》であるが、一応村長であるリロイにも相談しておいた方がいいと思ったからだ。

「どうかしたのかい？」

「実はリロイさんにご相談したいことがありまして……」

扉を開けて出て来てくれたリロイに、俺はハウリン村の作物をいくつか王都で売ってみたい事を述べる。

「確かにクレトさんの魔法なら、ここの作物だって売ることができるね。ハウリン村周辺での商売にも限界があるしいいと思うよ」

「ありがとうございます！」

リロイの許可がとれたことだし、これで計画が頓挫《とんざ》する事もないだろう。

とはいえ、さすがにオルガのトマトだけでは押しが弱いので他の作物も売りたいところ。

ハウリン村で育てている作物の把握はまだできていないが、アンドレやステラに聞けば巨大ネギのような作物を紹介してくれるかもしれない。

なんだか色々売ることを考えると楽しくなってきた。

楽しくなってくるとリロイの家からアンドレ家までの間すら焦《じ》れったく思えてしまい、思わず転移を使ってしまう。

すると、リロイの家からあっという間にアンドレ家の前にやってきた。

ハウリン村でこんな短距離転移をしたのは初めてかもしれないな。歩いて十五分もかからない距離だというのに。

せっかちになってしまった自分に苦笑いしつつも、家の裏側にある畑に顔を出してみる。

すると、そこにはアンドレ家が勢揃《せいぞろ》い。

アンドレも今日は狩りも警備もお休みで、家の畑仕事を手伝っているようだ。

「あ、クレトだ！」

俺を見つけるなりニーナが元気な声を上げて手を振ってくれる。

ニーナに応じるように手を振りながら畑に歩いていくと、作物の手入れをしていたアンドレやステラも振り返った。

「お仕事中にお邪魔してすみません」

「おー、それは構わねえけどどうした？　家の畑でわからないことでもあったか？」

「いいえ、今日はそっちではなく別件で相談にきまして。アンドレさんたちが育てている作物を王都で売れないかなと思いまして」

俺の提案に一番驚いているのはステラで目を丸くしていた。

「……うちで育てている作物をですか？」

「はい、そうです」

「本当に俺たちの作物が売れるのか？　どこにでもある普通の作物だぜ？」

「いえいえ、一部の作物は全然普通じゃないですよ！　特にこの間食べさせてもらったネギ！　王都の周辺にもあんな甘くて立派なネギはありませんよ！」

まったく気付いていている様子のないアンドレについつい俺の言葉にも熱が入ってしまう。

こんな美味《おい》しい食材をここだけのものにしておくのは勿体《もったい》ないと感じた。

そんな風に俺なんかが考えるのはおこがましいのかもしれないけど、俺にはアンドレたちが抱えるいくつもの障害を簡単に飛び越えることができる。

ガガイモはまだ俺が育てている段階なので、その育てやすさや安定性は測ることができないが、あれもこの先には大きな商品となるかもしれない。

「あー、俺たちからすればあれが普通なんだけど、クレトたちからすれば違うって言ってたな」

「はい、他にもオルガのトマトなんかも他にはないトマトだったので売る予定です」

「オルガのトマトも売るの？」

「うん、さっき知り合いになってね」

「へー！　私、オルガのトマト好きだよ！」

にへらと笑いながら無邪気に言うニーナ。

商売の話と全然関係ない情報だけど癒《いや》されたので、俺も「大好きだよー」とのほほんと相槌《あいづち》を打っておく。

「リロイさんの許可もとれていますしいかがでしょうか？　俺はエミリオ商会というそこそこの商会に所属していますので、そこから市場に流したり、レストランなんかに卸《おろ》せたらと思ってます」

「うん？　エミリオ商会って今一番勢いのある商会じゃなかったか？」

「おや、アンドレさん知っているんですか？」

エミリオ商会という名前に聞き覚えがあるとは意外だった。

「たまに立ち寄ってくる行商人なんかがよく噂《うわさ》していたからよぉ。なんか異常なスピードで成長している商会だって」

「でも、クレトさんの魔法が関わってると聞くと納得できるように思います」

「いやいや、俺の活躍なんて微々たるものですよ」

まさか王都から遠く離れているハウリン村まで情報がきているとは意外だった。

でも、同じ村にいるオルガが知らなかったり、まだまだ田舎にまで名声が行き届いているわけでもないようだな。

警備として村の窓口にいるアンドレたちだからこそ知り得たのかもしれない。

「それでどうでしょう？　アンドレさんたちの作物を売らせてくれませんか？」

「まあ、クレトの頼みだし、俺たちからすれば収入が増えるからいい事だよな？」

「ええ、毎年育てている作物も持て余し気味でしたしね」

「ありがとうございます。よかったら、他にも自信のある作物なんかあれば見せてもらってもいいですか？」

「俺たちの畑で育てている作物は少ないけど、他にも色々と美味《うま》い作物を育てている奴等《やつら》ならいるぜ。よかったら、そいつらの所も回ってみるか？」

「是非、お願いします！」

その日、俺はアンドレ家の畑を見せてもらい、他の農家の畑を回った。

アンドレ家のネギ、オルガのトマトだけじゃなく、他の農家では青ナス、三色枝豆、大玉スイカといった特別な作物がいくつもあり、それらが王都で売れることを確信したのであった。

第三十二話　売れる商品

ハウリン村で五日目の朝を迎え、手早く朝食を済ませると俺は王都の屋敷に転移。

ハウリン村の景色から屋敷の自室へと視界が切り替わる。

すると、ちょうど部屋の掃除をしていたのか自室にはメイド長であるエルザが窓を拭いていた。

「ただいま」

「ひゃっ⁉」

とりあえず声をかけると、エルザがビクリと身体《からだ》を跳ねさせて変な声を上げた。

今のってエルザの悲鳴だよな？

自室を見渡してみるも他にメイドの姿はない。俺とエルザの二人だけだ。

ということは今の悲鳴は紛れもなく目の前にいるエルザからであって。

冷静沈着なエルザの口から漏れたとは思えない悲鳴だったな。

「ごめん、驚《おどろ》かさないように優しく声をかけたつもりなんだけど」

「……見苦しい姿をお見せしてしまい申し訳ありません。今日はクレト様が帰還される日でしたので、その事をしっかりと頭に入れておくべきでした」

恥ずかしさのせいで頬《ほお》が赤くなっているものの、いつものクールなエルザに戻る。さっきの事をからかってみたいという悪戯心《いたずらごころ》が少し湧いたが、それについてこれ以上触れるなというオーラをビンビンに感じたのでやめておくことにした。

こういう事が起きないように俺は自室に転移で戻ってくる事が多い。

今回はそのタイミングでちょうど掃除をしていたエルザと鉢合わせてしまっただけのこと。

どちらが悪いというような事ではなかった。

なんともいえない空気を振り払うように俺は本題を進める。

「俺がいなかった間に異常は？」

「特にございませんでした。エミリオ様からの伝言もありません」

「そうか」

いつもなら三日もあれば仕事も舞い込むものだが、俺がハウリン村で新しい生活を始めている事は知っていて遠慮しているのかもしれないな。

まあ、新しくやりたい事ができたので、その心遣いは嬉《うれ》しい限りだ。

「今日はどうされますか？」

「ちょっとエミリオに用があるから商会に顔を出してくるよ」

「かしこまりました」

「なんだか忙《せわ》しなくてごめんね」

「いえ、そんなクレト様の生活を支えるのが私たちの役目ですから」

エルザが恭《うやうや》しく頭を下げるのを見て、俺はエミリオ商会に転移。

光が身体を包み込むと、屋敷の自室からエミリオ商会の執務室にやってきた。

「おや、クレト。お帰り」

俺が突然転移してきたにもかかわらず、まったく戸惑う様子もなく出迎えの声をかけるエミリオ。

「エミリオは俺がいつやってきても驚かないよな」

「慣れているっていうのもあるけど、今日くらいにはクレトが顔を出すことは予想がついていたからら」

とは言うものの、不意打ちで転移してきても大して驚くことがないんだよな。

エルザとの経験の差というものが如実に表れたようだ。

「ハウリン村での生活は満喫できているかい？」

「ああ、お陰様でな。王都では過ごすことのできない、ゆったりとした時間を過ごしているよ」

「うーん、僕にはクレトのように枯れた感性は持っていないけど、たまにならそっちでも過ごしてみたいかもね」

「枯れた感性とは失礼な」

人生を一度心機一転とさせているせいで、普通の若者よりも枯れている自覚はあるが、そこまで言われるほどではない……と思いたい。

「まあ、そんなことよりエミリオ。実は王都で売ってみたいものがあるんだ」

「クレトが自発的に持ってくるとは珍しいね。何を売りたいんだい？」

商売の話になった途端エミリオの表情が引き締まり、商会長らしい顔つきになる。

先程までののんびりとした雰囲気はどこに行ったのか。若干着崩していた服も今ではカッチリとしている。商売人としてのスイッチが入ったようだ。

「ここのテーブルに置いてもいいかい？」

「ああ、構わないよ」

エミリオの許可がもらえたところで、俺は亜空間から木箱を取り出して並べる。

そして、次々と木箱の蓋を外していった。

「これは？」

「ハウリン村で獲《と》れた作物さ」

「……もしかして、村人に売ってくれとでも頼まれた？　いくら、クレトの頼みでも商会の利益にならないものは売れないよ？」

木箱から覗《のぞ》いている作物を一瞥《いちべつ》するなり、エミリオはハッキリとそう言う。

エミリオなら俺が持ち込んできた商品の話を一応は聞いてくれるだろう。

しかし、そこに何の価値や利益も見出せなければ、俺たちの仲であろうと遠慮なく却下する。それがエミリオという男だ。

「これは頼まれたものじゃないよ。俺が実際に口にして売れると思ったから持ってきたんだ」

「へえ、クレトがそこまで言うなら話を聞いてあげるよ」

ハウリン村の作物を売ることができるかは、俺のプレゼンにかかっていると言ってもいいだろう。

俺は不敵な笑みを浮かべるエミリオに持ってきた作物について説明する。

「なるほど、確かにここにある作物は僕でも知らないものばかりだ」

食材の説明が一通り終わると、エミリオは感心の声を漏らした。

たくさんの情報を知っているエミリオでも知らない事というものはある。今回のハウリン村の作物がその例だろう。

「ハウリン村の人たちもこれが普通だと思っているみたいでね」

「……誰も特別だと思っていないのか。それなら僕の情報網にも引っかかっていないはずだ」

大きな街からも遠い田舎《いなか》の村だからこそ、あまり情報が出てこなかったのであろう。

エミリオは参ったとでも言うように肩をすくめていた。

「だからこそ、それを売ってやりたいんだ。いいものを安く仕入れて、高く売る。それが俺たちの商売だろう?」

「へー、クレトも言うようになったじゃないか。ハウリン村の作物の特殊性はわかったけど問題は味だね」

「それについては一番自信がある。まずは、そのまま食べてみてくれ」

正直、どれだけ口で弄《ろう》しようが最後には味が物を言う。

しかし、エミリオをそこまで引きずり込めば、勝ちだということを俺は確信していた。

アンドレ家の特大ネギ、オルガの育てたトマト、他の村人から託された青ナス、三色枝豆、大玉スイカといったものを差し出す。

こうなることを想定して、すぐに食べられる状態のものを亜空間で保存していたのだ。

勿論《もちろん》、加工済みのものもステラに保険として作ってもらっている。生のままでは判断が難しくても、実際に料理されたものを食べれば判断も下しやすいだろう。

「じゃあ、まずはこの大きなネギから」

エミリオは一口大にカットされたネギを楊枝《ようじ》で刺して、そのまま口に入れる。

「何だこれは？　口の中で蕩《とろ》けるように甘いっ!?」

すると、エミリオが大きく目を見開いて叫んだ。

「だろ？　くたくたになるまで煮込んだらもっと甘くなるし、焼いて塩と一緒に食べても最高だぜ？」

エミリオに売り出すために、それらの食材の美味《おい》しい食べ方は一通り教わっている。

ただでさえ、蕩けるような甘みなのに調理すると何倍にも美味しくなるのだ。

ただのネギではないのだが、恐ろしいスペックを秘めたネギだ。

「それも食べてみたい！　けど、今は生のままで一通り確かめるのが先だ。次はこのタマネギのような形をしたトマトだ」

興奮した心を落ち着かせるようにエミリオはオルガのトマトを手に取った。

トマトに関してはジューシーな果肉を味わってもらうためにカットはしていない。

そのまま一個をかぶり付いてもらうのが一番だ。

エミリオが大きく口を開けてトマトを齧《かじ》る。

シャクッとした皮の音と汁気が傍《そば》にいるだけで伝わってきた。

「そこら辺にある水っぽいトマトや酸味の強いトマトとは違う。なんて濃厚な旨味《うまみ》なんだ！　それでいて甘味と酸味のバランスも絶妙！　これを使っただけでただのトマトスープの味が何段階も引き上げられそうだ！」

心を落ち着かせるために食べたトマトが、またしてもエミリオの心を興奮させた。

それだけエミリオの知っているトマトとは一線を画していたということだろう。

俺もハウリン村で最初に食べた時はどれも驚いたものだ。

前世では確実にブランド品として売られるだろうという味の作物が、普通に転がっていたのだから。

エミリオはトマトを食べた後も、青ナス、三色枝豆、大玉スイカといったハウリン村独自の作物を味見していく。

そして、それらが終わった後に改めて俺は尋ねた。

「どうだ？　これなら売れるだろ？」

「ああ、間違いなく売れる。王都の市場でも通用するし、高級レストランにだって卸《おろ》せる。クレト、いいものを持ち込んでくれたね」

満足げな表情と共に告げたエミリオの言葉を聞いて、俺はハウリン村の作物がエミリオに認められたのだと理解した。

第三十三話　確かな居場所

エミリオにハウリン村の作物を持ち込んだ数日後。

いつもとはちょっと違った仕事を終えた俺は、ハウリン村に転移で向かった。

ハウリン村の入り口に転移すると、前方では大あくびをしていたアンドレが慌てて槍《やり》を構えた。

「アンドレさん、俺ですよ」

「なんだ、クレトか……急に現れると心臓に悪いぜ」

アンドレは目の前に現れた人物が俺だとわかると、ホッとしたように槍を下ろした。

ヘレナの時のことを反省して少し離れたところに転移したのであるが、それでもビックリしてしまうらしい。

「すみません、今日は警備の仕事をしている日かと思ったので」

アンドレの家を訪れてもよかったが、アンドレだけいない可能性があったから先に仕事場を見に来たのだ。

「最近は村にいなかったみてえだが、どうしてたんだ？」

「アンドレさんたちから頂いた作物を王都で売り込んでいました」

そのため一週間ほどハウリン村には帰っていなかった。

「俺たちの作物はどうだったんだ？　王都の奴等《やつら》も買ってくれたのか!?」

やはり、気になっていたのだろう。アンドレが興奮した面持ちで詰め寄ってくる。

「それを今から全員に説明するので中央広場に集まってもらえますか？」

「お、おお。そうだな。ひとりひとり説明するよりも、集まって聞いてもらった方が早いか。んじゃあ、ちょっと仕事を抜けてステラやニーナと向かうぜ」

「ありがとうございます。俺は他の人たちに声をかけてくるんで」

そうアンドレに伝えると、俺はオルガのトマト畑へと転移した。

すぐに転移で移動できる俺が声をかけた方が圧倒的に早いからな。

トマト畑にやってくると、麦わら帽子を被ったオルガが摘芯《てきしん》作業をしているところだった。枝分かれした若い芽を丁寧に切り取っている。

「おーい、オルガ！」

「おー、クレトか！　王都に持っていったっていう俺のトマトはどうなったんだ？」

声をかけてみると、すぐに王都の件を聞いてきたオルガ。

アンドレと同じような反応をするオルガに思わず苦笑いしてしまう。

「それを説明するから中央広場に来てくれるか？　そこで全員に伝えるから」

「わかった！」

そんな風にオルガだけでなく、青ナス、三色枝豆、大玉スイカなどを売ってくれた農家のおじさんたちのところにも転移。

なお、アンドレやオルガだけでなく、他のおじさんたちも俺が顔を出すなり王都の件をすぐに聞いてきた。

説明してやりたいがひとりひとりに説明していると大変なので、その場では宥《なだ》めてとりあえず中央広場に集まってもらった。

ハウリン村の農家全員に声をかけたわけではないが、中央広場には農家の家族が付いてきているところもあり広場には二十人を超える人だかりができていた。

まさか家族全員くるところがあるとは思わず、想定以上の人数に少しだけビビる。

たった二十人ちょいであるが、これだけ集まっているとなんだかお祭りが始まるんじゃないだろうかって気分になるな。

「それでクレトさん。ハウリン村の野菜はどうだったんだい？」

「王都のお店では売れたのー？」

「勿体《もったい》ぶらずに教えやがれー」

作物を売ってくれた農家全員が集まると、村長であるリロイの一声を皮切りにニーナやアンドレの声が響き渡る。

そんな集団たちの前に立っている俺には無数の視線が突き刺さる。

期待、不安などの入り混じった表情。ハウリン村に住んでいる人たちは、自給自足の生活を営むことができている。

しかし、それは家庭によっては最低限レベルというものもある。誰かが怪我《けが》を負ったり、病気になってしまえば立ちゆかなくなってしまう懸念がある一家も。

王都で売れるのであれば、今までよりも収入が上がって生活にゆとりができるのが確実なので期待するのも当然だろう。

それにお金以外の面でも、自分たちが一生懸命育てているものを王都の人たちが美味《おい》しいと思ってくれるのか。生産者として気になるのであろう。

皆の向けてくる瞳の中には「もし、売れなかったらどうしよう」という不安の色も奥底にはあるようだった。

想像以上のプレッシャーに晒《さら》された俺は深呼吸をして心を落ち着かせる。

「皆さんの作物はお店では売れませんでした」

俺のハッキリとした一言で全員の瞳に落胆の色が覆《おお》い被《かぶ》さる。

しかし、これが今回の結末の全てではない。

「それは売れなかったのではなく。そもそも商店には売りませんでした」

「はぁ？　それってどういうことだ？」

「ハウリン村の作物は、ただ商店に並べて売るのでは勿体ないと判断したからです」

訝《いぶか》しむオルガの疑問に俺はそう答えた。

「皆さんの作物は王都の高級レストランに持ち込み、その品質の高さに多くの料理人から絶大な評価をいただけ、定期的な仕入れを頼みたいとの手がいくつも挙がりました！」

「えーと、ということは？」

まだ思考が追い付いていないのだろう。どこか戸惑いの含まれたステラの声に、俺は改めて王都の件での結末をハッキリと言った。

「はい、皆さんの作物は王都の高級レストランが定期的に買い取ってくれることになります！」

その瞬間、集まってくれた農家たちがわあっと爆発するような声を上げた。

「マジか！　俺たちの作物が王都の高級レストランで使われるのか⁉」

「そうです。皆さんの育てている食材は、高級店でも良質なものと認められたんです」

「俺の育てたトマトは王都でも認められる味だったのか……」

「なんかよくわからんが高く売れるってことは良いことじゃの」

完全に結果を呑《の》み込《こ》めていない者もいるが、皆とても嬉《うれ》しそうな表情をしていた。

今までその味を普通だと思って育てて生活していたのだ。それが急に価値の高いもので、高く売れると言われたら驚くのも無理はないだろう。

「しっかし、俺たちの育てている作物にそれだけの価値があるとはな。これに気付けたのもクレトのお陰だぜ。ありがとな！」

「いえいえ、俺は売れると思ったものを売り込みにいっただけですよ」

「とはいっても、普通の奴じゃ王都の高級レストランに売り込みになんて行けねえだろうが」

「えへへ」

そこはまあ、俺の空間魔法に感謝だな。これがなければ王都で売ることなんて不可能なのだから。

「しかし、俺たちの作物がそこまでの価値があるとは。今までやってきた行商人や旅人は気付いていやがったのか？」

能天気に笑うアンドレとは違い、オルガが冷静にそう言う。

今まで自分たちの野菜を安く買いたたかれていたのだ。面白くないと感じてしまうのも無理はないことだろう。

「実際には気付いていた旅人がいたのかもしれない。でも、いくら質が良くてもそれを輸送する方法がなければ不可能だからね。値段を吊り上げたら、近所の村の人たちは買えなくなるし、上手《うま》くいかなかったと思うよ」

「それもそうか」

ハウリン村と王都での距離は遠く、売りに行くまでに台無しになってしまうからな。

しかし、空間魔法を使える俺ならば亜空間に収納しておくので、いつでも獲れたての鮮度を保てる上に、転移でどこにでも運べるときた。

今まで埋没していたハウリン村の作物でも、問題なく売れるというわけだ。

「買い取った商品をもっとも欲しがるところに高く売りつける。それが商売の基本だよ」

「うわぁ、商人ってえげつねえ……」

「それで社会は回っているんだよ」

オルガが若干引いたような表情をするが、商売とはそのようなものである。

その場所ではどうってことのない品が、遠方地ではまったく入手できずに何倍もの値段がついている。というのはありふれたものだ。

「本当にありがとう。クレトさんのお陰でハウリン村の農家に希望がさしたよ」

「そうだぜ。本当にありがとうなクレト！」

リロイやアンドレをはじめとする皆が丁寧にお礼を言ってくれる。

こんな風に大勢の人から感謝されるような事は今までなかったので気恥ずかしい。

「皆さんのようにずっとハウリン村に住んでいるわけじゃないですけど、貢献できそうで何よりです」

「おいおい、クレト。なんだか難しく考えすぎじゃないか？」

「貢献できる貢献できていないとか気にしなくていいんですよ？」

「前にも話した通り、してくれれば嬉しいがそれに囚《とら》われるのはよくないよ。のんびりと自由に生きていけばいいんだ」

アンドレ、ステラ、リロイのかけてくれた優しい言葉に思わず涙が出そうになる。

ああ、ここにいる人たちはなんていい人たちなんだ。

温かな人が多いハウリン村ならば、仮に今世もずっと独り身であっても前世のように寂しい生活を送るような事はないんだろうな。

「ありがとうございます。やっぱり、ハウリン村は最高ですね」

「王都からくるだけあってわかってるじゃないか」

「今日はめでてえな。よーし、今日は作物が売れたお祝いでパーッと呑もうぜ！」

「おー！　それいいな！」

オルガとアンドレが肩を組んで叫び、他の農家のおじさんたちも賛成の声を上げたことで宴会に突入した。

その日の夜は、各農家が持ち寄ったハウリン料理を堪能《たんのう》することができたのであった。

第三十四話　これからも続ける二拠点生活

農家の宴会は俺の家で行われ、夜が更《ふ》けるにつれてオルガやアンドレをはじめとした男性陣は見事にぐでんぐでんになってしまっていた。

そして、そんなだらしのない男たちは、付き添いでやってきた家族、あるいは帰りが遅くて心配になってやってきた親族に連行されることになっていた。

「でへへへ、聞いたかミラ？　俺たちのトマトがぁ、王都の高級レストランで使われるんだぜ⁉　すごくねえか⁉」

「あー、はいはい。おにぃのその台詞《せりふ》は聞き飽きたから。というか、酒臭いし重い！　しなだれかかってくんな！」

べろべろになっているオルガを介抱しているのは妹であろうか。

同じ赤い髪をしていた少女が文句を言いながらも、しっかりとオルガを支えて連れ帰っていった。

他のおじさんたちもオルガと同じように、あるいは奥さんに一喝《いっかつ》されて覚醒して帰っていく。

すごいな。あれだけぐでんぐでんだったおじさんたちがシャキッとして家に帰っていったよ。あれが長年連れ添ったパートナーの絆か。

一人暮らしをするには少し広すぎる家であったが、大勢の人がいなくなると途端に寂しくなるものだ。

ここに残っているのは今やご近所であるアンドレ、ステラ、ニーナだけ。

アンドレはお酒が入っていていびきをかいており、ニーナは子供故《ゆえ》にもう疲れて健やかな寝息を立てている。

「クレトさん、お片づけを手伝わせてください」

「ありがとうございます」

ステラが申し訳なさそうにして言うので、お言葉に甘えて手伝ってもらうことにする。

実際、リビングや台所にはたくさんの料理やお皿があったりするので一人で片付けるのは少し大変だったのだ。

でも、こんな風に家に誰かを呼んで大騒ぎをしたのは何年振りだろう。

小学生や中学生の頃は家に友人を招いていたことはあるが、そこから先は外で遊ぶことが多くなり一度も招いていない気がする。

成長していくと皆それぞれ忙しくなり、大人になると家庭を持つようになる人も増えて疎遠になることが多かった。

だから、こんな風に自分の家で大騒ぎした後の片付けも無性に懐かしく感じられた。

とはいえ、もう夜も遅いので最後までステラに手伝ってもらう必要はない。

「手伝ってくれてありがとうございます。今日は遅いですし、この辺りで十分ですよ」

「そうですか？　私たちのために場所をお貸ししてくださってありがとうございます」

「いえいえ、こういう事ができるように広い家にしたので気にしないでください」

「それではお言葉に甘えて失礼しますね。ほら、あなた。そろそろ帰りますよ」

ステラはぺこりと一礼をすると、リビングのソファーで横たわっているアンドレの身体《からだ》をゆっさゆっさと揺する。

「……むにゃむにゃ。俺はまだ呑《の》むぜい」

しかし、相当お酒が入っているせいか、アンドレの眠りは深いようだ。

いくら耳元でステラが声をかけながら揺すろうとも起きるような気配はない。ワイン瓶を抱きながらそのような寝言を漏らすだけ。

俺が王都のワインを呑ませたのがいけなかったのだろうか。

「……他の奥さんみたいに引《ひ》っ叩《ぱた》いてもいいのでは？」

「えっと、私はそういうタイプではないので……」

俺の前だから控えめに言っているのかと思ったが、どうやらステラは肝っ玉奥さん属性を兼ね備えていないらしい。

確かにステラはそっち系というよりも、大人しい静かなタイプだからな。

そういうやり方はできないのかもしれない。

しかし、このまま起きないのでは困った。

たとえ、ご近所であってもステラの細腕ではごついアンドレの身体を抱えて家に戻ることはできないだろう。

となると、男である俺がアンドレを家まで運ぶしかない。

「アンドレさんは俺がお運びしますよ」

「大丈夫なのですか？」

アンドレは身長が百八十センチ近くある巨体で筋肉質の身体をしている。

それに加えて俺は身長が百七十を超えているものの、アンドレのような筋肉質な身体をしているというわけではない。ステラが心配してしまうのも無理はないだろう。

「少し物みたいに扱うようで恐縮ですが、転移でそちらの家にあるリビングのソファーに移動させてもらえればと」

「いえいえ、構いませんので、それでお願いいたします」

ステラの許可がもらえたので、俺はアンドレに転移をかける。

すると、目の前で寝転んでいたアンドレが視界からフッと消えた。

「これでそちらの家に転移したはずです」

「……なんだか目の前で人が消えるのは不思議ですね。ありがとうございます」

ステラはクスッと笑うと、眠っていたニーナを抱きあげて家を出ていった。
それを見送ると、俺は台所に残っている洗い物にとりかかる。
こういうのは明日に残しておくと面倒だし、汚れも落ちにくくなってしまうからな。
そうやって黙々と作業をすると、リビングや台所は綺麗《きれい》に片付いた。
「ふう、これで終わりだな」
スッキリとした部屋の中を見渡して満足げに頷《うなず》く。
やはり部屋が広くて綺麗だと、それを維持しようという気になれるものだな。
まあ、本当にマメな人は広さにかかわらずに、しっかりと維持できるんだろうけどね。
すべての作業が終わってホッとすると疲れがドッと押し寄せてきた。
しかし、そんな疲労感も心地よいもので。
「……少し風に当たるか」
なんだかすぐに眠る気になれず、サンダルを履いて裏口に出る。
当然、時刻は夜なので真っ暗だ。
王都のように光石《こうせき》で満たされているわけでもないので光源となるものは何もない。
俺の家の窓から漏れ出す光石や、空で輝いている月明かりだけが唯一の光源だ。
「綺麗な星空だな」
でも、それさえあれば十分だ。

過剰な光がないが故にこんなにも風景を自然に楽しめる。こんな風景、前世では拝めないだろうな。

王都では仕事を中心としながら拠点である屋敷で優雅に生活し、ハウリン村では人々と交流をしながらのんびりとした生活を送る。そんな二拠点生活を始めてから俺の異世界での生活は格段に楽しくなった。

「二拠点生活を始めてよかったな」

あのままエミリオと一緒に仕事をするという事も悪くなかったが、それだけでは得ることのできない充足感を抱くことができている。今の俺は間違いなく充実している。

仕事、人間関係……それらはどれも大事で生きていく上で切り離すことが難しいものだ。辛《つら》くなって時にはどこかを切り捨てる選択をすることもあったりする。

前世の俺もそうだった。仕事や忙しさのせいばかりにして自分でつかみ取る努力をしていなかった気がする。

そのせいで多くのものを失って味気ない人生になってしまった。

だからこそ、今世ではそれらを安易に切り捨てないように努力をして、幸せな人生を摑《つか》みとろうと思う。

そう、これからも俺は王都と田舎《いなか》で二拠点生活をして生きていこう。

書き下ろし1　『エルザ＝ウォーカー』

「ハウリン村に行ってくるよ。三日くらいしたら屋敷に戻るからよろしく」

「はい、いってらっしゃいませ」

出立する主人を見送るべく私は頭を下げます。

その際にこっそりと視線を上げてクレト様の様子を盗み見すると、膨大な魔力と眩《まばゆ》い光が彼を包み込んでいるのがわかります。

そして、一瞬の間にクレト様は姿を消しました。

恐らく、この屋敷からハウリン村へと転移したのでしょう。

「……何度見ても慣れない光景ですね」

人が目の前で消えるという光景や、使用人であるのに私室から主を見送るというのも。

普通人が目の前で消えるなどということはあり得ませんし、主人の私室から出立を見送るなんてしませんからね。

後者については身体《からだ》の関係を持てばあり得るかもしれません。

しかし、この屋敷の主人であるクレト様はそんなことを望みはしないでしょう。誰もそのように声をかけられたこともありませんし、以前浴場で背中を流そうとした時もきっぱりと断られました。

愛想というものを除けば、自分の容姿にはそれなりに自信があったので少し自信を失いましたが、そういうことを進んでやりたいと思うタイプでもないのでホッとしている自分がいます。女心というのも難しいものですね。

そんなことを考えながら私室を出ると、廊下ではアルシェさんが窓ガラスを拭いておりました。

「……アルシェさん」

「は、はい！　なんでしょうエルザ様？」

ただ声をかけただけなのにビクリと反応するアルシェさん。

赤いセミロングの髪は彼女の快活な性格にピッタリで、瞳は透き通るような空色をしておりとても綺麗《きれい》。

ですが、表情にはとても緊張の色が浮かんでいるのがわかります。

下手をするとクレト様に声をかけられた時よりも緊張しているのではないでしょうか？

働いている使用人の中で、彼女が一番明るいと知っているだけに、そこまで緊張させてしまうことの申し訳のなさや、自分という存在がどれだけ恐ろしく映っているのか気になるところです。

やはり、この愛想のない見た目でしょうか？　私は目つきが鋭いために、睨《にら》みつけているなどと誤解されたり、怒っている、不機嫌に見えると言われることがあります。

私としてはそのようなつもりなど一切ないというのに。

「あの、そこまで緊張なさらなくても大丈夫ですよ？　メイド長とはいえ、同じ屋敷で働く者同士ですので肩の力を抜いてください」

「私は男爵家でエルザ様は子爵家なので……」

「そうであっても私は末娘。実家もそうですが、私自身にも力なんてありませんよ」

この屋敷で働く、アルシェさん、ルルアさん、ララーシャさんは男爵家の息女であり、子爵家である私よりも家格は下ということになります。

アルシェさんがかしこまるのも無理もないですが、私は何の力もない末娘。彼女が抱くような権力も能力も持ち合わせていません。

「で、ですが……」

「少なくとも私は気にしませんので、そのように緊張していてはクレト様も落ち着かれないでしょう。クレト様は一方的な指図をしませんし、快適さを重視される方ですので少しずつ肩の力を抜いてください」

先ほど言ったようにクレト様は、一般的な貴族のように横柄な指図をしたりはしない。

その優しさは使用人である私たちにさえ気遣いをしてしまう程です。

そんな優しい主人は私たちに滅多に指図をしません。

指図をしない主人。それだけ聞けば、使用人からすれば何て楽な人なのだろうと思うかもしれないですが、実際はそうではありません。

指図の多い主人であれば、言われた通りのことをこなせばいいです。手がかかるように見えますが、言われたことをやるだけなので難しくはありません。

しかし、仕えるべき相手がやってほしいことを言わない場合は、私たちがそれを察して行動する必要があるのです。

アルシェさんとの距離の調節を測っているのもクレト様のためです。

彼は一般的な貴族のように使用人を控えさせることや、堅苦しい空気を嫌っていることがわかってきたので空気を緩めようと思いました。

クレト様の視線や表情、行動、思考にまで寄り添い、彼のやってほしいことを察して行動する。

これを完璧にこなせるのは一流と呼ばれる使用人でしょう。

クレト様は優しいように見えて、中々に使用人泣かせだと思います。

「わ、わかりました。エルザさん」

私がそのように言うと意図を理解してくれたのでしょう、アルシェさんが呼び方を変えてくれました。

まだ少し言葉に詰まりがありますが、少しずつ慣れてもらえればいいでしょう。

「クレト様が出立されたことですし、私たちも朝食にしましょう」

「はい、わかりました。エルザ様……あっ」

◆

アルシェさんとダイニングに移動すると、二人の使用人がテーブルに朝食を並べていました。

「エルザ様、アルシェさん、おはようございます～」

どこか間延びした声で挨拶をしてきたのはララーシャさんです。

薄いブラウンの髪をおさげにした垂れ目の女性。

その優しい眼差《まなざ》しと穏やかな声音には癒《いや》しを感じざるを得ませんね。

服の上からでも盛り上がっているとわかる双丘も含め、使用人の中で一番の母性を感じます。

「お、おはようございます！」

ララーシャさんの次に挨拶をしてくれたのは、金色の髪をツインテールにした小柄な少女。

彼女はルルアさん。貴族学院の初等部にいるような幼い顔立ちをしていますが、私よりも一つ年下の十四歳というのが驚きです。

「おはようございます。先程アルシェさんにも言いましたが、私のことは様づけで呼ばなくても結構ですので。もう少し気軽に呼んでください」

「わかりました。では、エルザさんと」

「はい、それで結構ですので」

大して偉いわけでもないのに、私一人だけが様で呼ばれるのも違和感がありますからね。まあ、他にも大きな理由はあるのですが。

「朝食の準備ができましたぁ～。とはいっても、私たちは盛り付けて並べただけですけど」

テーブルにはオムレツ、サラダ、マッシュポテト、コーンスープ、パンといった料理が並んでいます。

それらはクレト様の朝食のために私が用意したものであり、賄《まかな》い用として残しておいたものです。

今日のようにクレト様が朝早くから出立される場合は、出立してから朝食を摂《と》るのが私たちの日常となりつつあります。

「エルザさんはお料理が上手《じょうず》ですよね！」

「そうでしょうか？　特に凝った料理を作っているわけではありませんが……」

暇つぶしに実家の屋敷で家事を手伝ったり、貴族学院の寮で自炊したりはしていましたが、特に秀でているといえるような技量ではないと思っています。

事実、目の前に並んでいる料理もそれほど手間のかかるものや、技量の必要なものとは言えませんし……。

「あうっ……」

そのように言うと、褒めてくれたルルアさんが少し悲しそうな顔になります。

小動物を思わせる顔立ちのルルアさんを悲しませると、私の心が酷《ひど》く痛みます。

「あ、あたしは無理かもです」

「私もです～」

それとなく周囲に視線をやると、アルシェさんやララーシャさんは気まずそうに目をそらしていました。

クレト様の料理と賄いはずっと私が作っていたので気付きませんでしたが、どうやら彼女たちは料理ができないようです。

「私以外、誰も料理ができないというのは困りますね」

クレト様が今のところ料理人を雇うつもりがない以上、私が休暇の時や、買い物に出かけている時にフラッと帰ってきて食事を所望する場合もあります。

「クレト様に料理人を雇ってもらうことを打診してはいかがでしょう?」

由々《ゆゆ》しき事実が発覚し、思わず考え込んでいるとアルシェさんがそのような提案をしてきました。

これにはララーシャさんやルルアさんも賛成するようにこくりこくりと頷《うなず》いています。

「クレト様は空間魔法で頻繁に外出なされます。料理人を雇ったとしても屋敷で作ってもらったものを食べることは少ないと思われます」

「確かにそうですね～。時には一週間以上いないこともありますし～」

二拠点生活を行うと決めた上で、料理人を常駐させるメリットはないと感じたから料理人を雇ってはいないのでしょう。

「……今日から簡単なものでいいので、皆さんも料理の練習をいたしましょう」

「うえっ⁉」

私がそのように提案すると、アルシェさんが女性らしからぬ声を上げます。

今の声がどうやって出てきたのか少しだけ気になりますが、そこは置いておきましょう。

「使用人が努力を放棄し、そのように訴えるのも違うと思います。主の希望にできるだけ寄り添うのが、使用人の役目なのでやれることは私たちでやってみましょう」

それでも上達せず、私だけに負担がかかって屋敷の管理が回らないようであれば、改めてクレト様に相談をいたしましょう。

やってみずに努力もせずに、主に訴えるのは甘えだと思います。

「エルザさんの意見に感服いたしました！　私もエルザさんを見習って、使用人として努力したいと思います！」

どこか興奮した様子で語るルルアさんに私は少し戸惑います。

私の言ったことはそれほど立派なものでしょうか？　ただ、できることをやろうとしただけなのですが。

ともあれ、本人がやる気を出しているのはいいことです。

「そうですね。使用人である以上は、やってみるべきことですね～。料理はできて損になることはありませんし～」

「わ、わかりました。私も頑張ります」

ルルアさんの熱意に釣られたようにララーシャさんも意思を固め、明らかに苦手意識を持っているアルシェさんも渋々ではありますが承諾してくれました。

「幸いなことに時間はありますので、ゆっくりやっていきましょう」

クレト様は毎日こちらで生活するわけではないので、料理の練習をする時間は大いにあるでしょう。

そんなわけで仕事の合間に私は、ルルアさんたちに料理を教えることにしました。

◆

朝食を食べ終わると、使用人は各々の仕事へと移ります。

アルシェさんはクレト様の私室の掃除を、ルルアさんはダイニングや厨房《ちゆうぼう》の掃除を、ララーシャさんは洗濯を担当し、私は浴場の掃除をすることにします。

ブラシや専用の洗剤を手にすると、私はストッキングを脱いで浴場に入ります。

尖《とが》った性格をしていないクレト様でありますが、一つだけ尖った点があります。

それは大の風呂好きということです。

クレト様は、屋敷で生活をされている時は毎日風呂に入るほど。

貴族の中でも風呂好きな者は稀《まれ》にいますが、それでも三日に一回程度だと聞きます。

それに比べるとクレト様の風呂の頻度がどれだけ異常かわかりますね。

僅《わず》かな湿気が残っているので浴場内の窓を開け放ち、換気させます。

浴場内を軽く水洗いすれば、専用の洗剤を噴射してしばし待機。

クレト様はハウリン村に行っておられますが、フラッと転移で帰ってくる場合もあります。

その時に湯船の用意ができていないとなれば使用人としての名折れ。

ですので、浴場は優先的に仕上げる必要のある場所なのです。

しばらく時間が経過すると、洗剤をつけたところをブラシで擦って、水垢《みずあか》などを落としていきます。

浴場内は広いのでブラシで擦るだけでも中々の重労働ですね。

仮にクレト様が帰ってこなくても、使用人である私たちが使うことになるので無駄にはなりません。

クレト様は使用人にも清潔であることを求めますので、結果として私たちも入ることになるからです。

最初は面倒にも思いましたが、毎日お風呂に入れるのはいいもので、心なしか最近はぐっすりと眠れて、身体も軽いように思えます。

これは毎日お風呂に入るようになった効果なのでしょうか？

なんやかんやで仕事終わりのお風呂を楽しみにしている自分もいますので、浴場の掃除にも身が入るというものです。

浴場内をみっちりとブラシで擦り、水で流して、窓の掃除を終えると、浴場内の掃除は終わりです。

掃除用具をしまって伸びをすると、背骨がググッとなりました。

どうやらブラシを使っていたせいで背中や腰の筋肉が固まってしまっているようですね。

黙々とやれる浴場の掃除は嫌いではないのですが、背中や腰のダメージが大きいのが悩みどころです。

さて、浴場の掃除が終わったところで私は全体の進捗《しんちょく》確認に向かいます。

アルシェさんはクレト様の私室の掃除を終え、他の部屋を掃除している最中。

ルルアさんはダイニングと厨房の掃除を終えて、残っている食材のチェックをしている模様。

ララーシャさんはクレト様の衣服やシーツ、枕カバーなんかの洗濯を終えて、アルシェさんの部屋掃除を手伝っている模様です。

皆、各々のやるべきことを終えて、次の作業を見つけているようですね。素晴らしいです。

「さて、私は……やるべきことがない？」

部屋や廊下の掃除はアルシェさんやララーシャさんがいれば十分ですし、食材や備品なんかも買い足す必要がないのも確認済み。

昼食を作るにも、今朝一緒に練習しましょうと言った手前、一人でやってしまっては意味がない気がします。

普段、私はクレト様の世話をすることが多いので日常的な業務はどちらかというと少なめです。世話をする相手がいなくなると、このように暇になるものです。

「暇ですし、自分の部屋に戻りましょうか」

私を含め、使用人はこの屋敷で住み込みで働いています。

クレト様から時間が余れば好きに過ごしてもいいと言われているので、このような柔軟な生活も可能です。

「暇なら、少し仕事を手伝ってくれるかい？」

自室に戻って読書でもしようと考えていた矢先に声をかけられたので私は驚きます。

「……エミリオ様」

振り返ると、そこにはエミリオ様がいました。

いつの間に屋敷に入ってきたのでしょう。まるで気配を感じませんでした。

「やあ、クレトがいない間もしっかり仕事をしているか様子を見にきたんだ。そこで暇そうにしている君を見つけてね」

どうやら先程の独り言を聞かれてしまったようです。

別に悪口や愚痴といったものを言っていたわけではないのでいいのですが、無警戒に漏れ出た言葉を聞かれると恥ずかしいものです。

「そうでしたか。それで手伝ってほしいという仕事とは？」

「商会にある商品の確認をしてほしくてね。生憎《あいにく》、今日はうちの従業員は全員手が離せなくて」

その割に商会長のフットワークが随分と軽いようですが、彼には彼のやるべきことがあるのでしょうね。

「どうする？」

「それでしたらお手伝いいたしましょう」

つい先ほど暇だと漏らしてしまいましたし、誰にでもできる雑用ではあっても商会との繋《つな》がりが得られるのは貴重ですから。

私がこの屋敷に使用人として奉公に出ているのは、ウォーカー家のそのような思惑も混ざっているので。

「そうかい、助かるよ」

私は商会の手伝いのことを伝え、エミリオ様と商会に向かうことにしました。

様子を見に来たなどと言いながら、屋敷の様子をほとんど見ていないのは初めから労働力が目当てだったのでしょうね。もはや、突っ込みません。

クレト様の屋敷から程なくして、王都の中央区にあるエミリオ商会にやってきます。

ここにやってくるのは奉公としてやってきた初日以来です。

一階にある商店スペースに入ると、そこには買い物客が多くやってきています。

どちらかといえば商人や貴族といった富裕層が多めです。

商会の本店にやってくる客は、そういう客層なのでしょう。

エミリオ様が入ると、主に女性客が黄色い声を上げて取り囲みます。

エミリオ様はそれに臆することもなく、甘い笑顔を浮かべて丁寧に挨拶をしていました。

歯が浮くような台詞《せりふ》も美男子が言うと映えるもので、女性客はそれだけでお喜びの様子でした。

きっと、商品だけでなくエミリオ様と会うためにやってきている者もいるのでしょうね。

エミリオ様が女性客の相手を終えると、私は三階にある執務室を抜けて、奥にある保管庫へと連れられました。

「じゃあ、ここにある商品をリスト化しておいてくれ」

「これを全部ですか？」

それはもうぱっと見では数えられない量の木箱が、天井すれすれにまで積み上がっていた。

「ああ、全部さ」

あまりの量の多さに思わず尋ねると、エミリオ様は実にいい笑顔で頷きました。

「随分と量が多いですね」

執務室の奥にこれほど大きな保管庫と、大量の品物があるとは驚きです。

「クレトは仕入れ先で面白いものを見つけると買い上げる趣味を持っていてね。本人は魔法で管理しているみたいだけど、ふとした時に思い出して放出する時があるんだ」

うちの主人は犬かなにかでしょうか？

どのように魔法を運用しているかは知りませんが、管理するならばきちんと忘れないようにリスト化しておいてください。

って、今それを私が押し付けられているのでしたね。

「その中には見過ごせない素材もあったりして、バカにならないんだよ。ほら、これとかわかるかい？」

「深紅《しんく》の結晶……こんな貴重なものが……」

キラー火山の山頂でしか採掘できないと言われている深紅の結晶。結晶の中には決して消えない炎が灯《とも》っており、ランプといった照明魔法具への利用、あるいは素材の研究機関、武器への転用などと非常に使い勝手のいい素材。

しかし、過酷な環境と魔物が支配するキラー火山の山頂に向かうのは至難で、高ランク冒険者でも採ってくることは難しい。

「多分、オリハルコンの仕入れで向かった時に見つけたんだろうけど、それよりも貴重過ぎて笑えるよ。まあ、そんな価値のあるものを上手く売りつけるのが僕の役目だから燃えるったらありゃしないさ」

クレト様の無自覚さに呆《あき》れている反面、それに感化されているようでした。

エミリオ様の理知的な瞳の奥には、それを上手く生かすのが商人である自分だという覚悟の炎が灯っているようです。

「そういう訳でここにある商品のリスト化を頼むよ。僕は隣の部屋にいるからわからないことがあれば、いつでも声をかけてくれていいから」

エミリオ様はそうおっしゃると保管庫を出ていかれました。

「暇な時間はなくなりましたが、これは少し骨が折れそうですね」

保管庫にある大量の木箱を眺めてから、早速仕事に取り掛かります。

ひとつひとつの木箱を開封して、そこにある商品を確認。

それらの名称や個数を記してリスト化していきます。中には見たことのないものや判別に自信がないものもありますが、それらは後で纏《まと》めてエミリオ様やクレト様に質問するために分けておきます。

「オリハルコン、アダマンタイト、プラチナムダイト……希少な商品がゴロゴロとありますね」

貴族学院の研究室でしか見たことのないようなものが、ここにはゴロゴロと転がっています。どれも手に入れるのが難しい商品なのですが、クレト様の魔法にかかれば仕入れるのも簡単なのでしょう。

普段は穏やかに過ごしている主人の、有能ぶりをハッキリと理解させられました。

「エミリオ商会……絶対に仲良くしておくべき商会ですね」

正直、実家の思惑には興味はないのですが、私が平和に暮らすためにもそれだけは伝えておきたいと思います。

◆

「ふう、ようやく終わりました」

商品のリスト化が終わる頃には、保管庫に夕日が差し込んでいました。

もう夕方であることを認識すると、疲れがドッと押し寄せてきたような気がします。

目の前の仕事を終わらせることに夢中で、昼食を食べることも忘れていました。

ひとまず、仕事が終わったことを報告いたしましょう。

保管庫を出て執務室にやってくると、エミリオ様が書類仕事をされていました。

これほどの商品が保管庫にあるのです。エミリオ様も仕事に追われているのも今では納得だと思いました。

「保管庫の商品のリスト化が終わりました」

「意外と早かったね。しかも、綺麗にまとめられているよ」

「ありがとうございます」

「ご苦労様、とても助かったよ。商会から追加で給金を振り込んでおくよ」

「助かります」

クレト様のお世話とは別の収入を得られるのは嬉《うれ》しいですが、その給金を主人に入れてくださいと頼みづらいものですからね。エミリオ様の配慮に感謝です。

「もし、よかったらまた商会の雑用を頼んでもいいかな？」

「手が空いている時であれば構いません。私だけでなく、他の使用人にも振ってもらえると助かります」

クレト様は三日屋敷を空ける時もあれば、一週間以上空ける時もあります。

そうなれば、屋敷に常駐している私たちもさすがに暇になるわけで。

そういう時に別口で仕事があるというのは嬉しいものです。

私たちは貴族とはいえ末娘。実家からの仕送りがあるとはいえ、自由にできるお金は少ないものです。私だけが仕事を貰《もら》っていては恨まれてしまいます。

「わかった。そうさせてもらうよ。もう、夜になってしまうけど食事はどうする？　よかったら、ここに何か届けさせようか？」

「いえ、今夜は屋敷で摂りたいと思います。使用人たちに料理を教える約束をしていますので」

「そうかい、遅くまですまなかったね。外も暗くなっているし、帰りは商会の馬車を使うといいよ」

「ありがとうございます。では、失礼いたします」

商会と屋敷の距離は遠くないですが、こういった配慮は嬉しいものです。

エミリオ様のサインが入った書類を頂くと、私は商会を出ます。

外に控えている商会の御者《ぎょしゃ》にエミリオ様のサインを見せると、屋敷まで送っていただけることになりました。

馬車で中央区から北上することしばらく。馬車が速度を落とし、屋敷の傍《そば》に到着したことに気付きました。

馬車から降りて御者の方に礼を言うと、私は屋敷へと戻ります。

結果的に今日の仕事は大変なものになりましたが、適度な忙しさがあるのはいいものですね。

毎日がこれだと参ってしまいますが、たまにならば問題ありません。

クレト様が持って帰ってきた希少な商品を見るのは楽しかったですし、暇な時にまたやりたい仕事ですね。

少し意見が足りず、気遣いが難しいですが、クレト様は基本的に穏やかですし、仕事もゆとりがあってとても働きやすい。

今の職場は居心地《いごこち》がいいので、できる限りここで長く働きたいものですね。

「……なんですか？　このにおいは？」

屋敷の扉を開けた瞬間、漂ってくる異臭に私は眉をひそめます。

焦げ付いた炭のようなにおいが充満しているようです。

もしかして、どこかで火事が起こっているのでしょうか？

そう思った私は慌ててにおいの発生源へと急行いたします。

そのにおいはどうやら厨房から出ているようで、近づくごとににおいが強くなります。

「あっ、エルザさん！　お帰りなさいです！」

「……これはなんですか？」

厨房に入ると、そこにはルルアさんが鍋をかき混ぜており、アルシェさんとララーシャさんがぐったりとテーブルに突っ伏していました。

火事ではないようですが、別の災害が起きているようでホッとできません。

「エルザさんがいない間に私たちで料理の練習をしていたんです！」

なるほど、それで味見をしたアルシェさんとララーシャさんがぐったりとしているわけですね。

「なるほど。空いた時間に早速料理の練習をする姿勢はとても素晴らしいです」

「ありがとうございます。よかったら、エルザさんも味見をしてみてください」

「え？」

ルルアさんから差し出されたお皿を見る。

そこには黒色のスープが入っており、得体の知れない肉や野菜がごろりと入っています。一体何を混ぜ合わせたらそんな雨上がりの演習場のような色合いになるのでしょうか？　野菜だってまともな下処理をしていませんよね？

などと色々と言いたくなりますが、目の前で純粋な表情をしているルルアさんを見ると霧散してしまいます。

私の提案に一番に賛成し、健気《けなげ》に実行してくれたのです。それを無下にするわけにも……。

私はルルアさんから謎の黒スープを受け取り、ゆっくりと匙《さじ》で口に運びます。

すると、旨《うま》み、苦み、辛み、渋みといった、あらゆる味が襲ってきます。

それらは重なり混じり合うことで見事な不協和音を奏でて、私の意識を暗闇へと誘《いざな》います。

そして、浮かんでくるのは幼少の記憶。

初めて魔法を使った瞬間、実家での団欒《だんらん》、貴族学院の初等部への入学。これまでの人生を振り返るように記憶が浮かんできます。

これは走馬灯《そうまとう》というやつでしょうか？　ここでそれに流されてはいけません。

ここで意識を失ってしまってはルルアさんが傷つくことになるでしょう。

遠のく意識をはっきりとさせるために、私は唇を噛《か》みます。

少し鉄の味がしますが、痛みのお陰で走馬灯は吹き飛び、現実へと戻ってこられました。

「お味はどうですか、エルザさん？」

「……個性的な味ですが、クレト様にお出しするのはまだ難しいでしょう」

「そうですか」

私の感想を聞いて、しょんぼりとするルルアさん。

もし、これを食卓に出しては私たちは仕えるべき主人を失うことになってしまう。

それだけは避けねばなりません。

「次は私と一緒に練習をしましょう。一緒にやっていけば、必ずクレト様にもお出しできるようになりますよ」

「はい、頑張りますね」

ここでの仕事を長く続けるためにも、使用人の料理技術向上は急務ですね。

私は改めてそう胸に刻み込み、使用人の能力向上に努めるのでした。

書き下ろし2　『アンドレ』

俺には変わった友人がいる。そいつはクレトという男だ。

クレトとの出会いは、ハウリン村出身者であるグレッグとテイラーの配達依頼でやってきたのがきっかけだった。

新人冒険者とはいえ、王都から一週間以上かかる配達依頼を普通受けるだろうか？

今となってはクレトの魔法を知って納得したところもあるが、それでもわざわざこんな遠いところにまでやってきてくれるだろうか？　もっと割りのいい依頼だってあるだろうに俺はクレトの優しさに感動し、家に招き入れた。

それが俺とクレトとの出会いだった。

普通ならば俺とクレトの出会いはそこで終わりだ。

またいつでもやって来いと言いはしたものの、クレトが住んでいるのは王都だ。

もう二度と会うことはないだろうと思っていた。

クレトと過ごした一日は、思い出の一ページとして刻みつつ日常を過ごす。

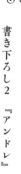

しかし、そんな俺の予想は外れ、半年後にクレトはまたハウリン村へとやってきた。

話を聞いてみると、実はクレトは空間魔法という驚きの魔法を持っている。

ハウリン村から王都まで一週間以上かかる道のりを一瞬にしてやってこられるらしい。

そんな魔法なんてあるわけないと疑っていた俺だったが、家族もろとも魔法で王都に連れていかれてすぐに信じた。

あの時は父親として余裕ぶった表情をしていたけど、ちびりそうになったぜ。

地味に王都なんてところには行ったことがなかったからよぉ。あまりの人の多さと建物の大きさに目を回しそうになった。

王都には若干憧れの気持ちがなかったでもないが瞬時に霧散した。

あんなに人が多くいる場所に俺が住めるわけがねえ。やっぱり、俺は長閑《のどか》なハウリン村でゆっくりと暮らすのが一番だ。

少し話が脱線したが、ともかくクレトはとんでもない魔法を持った男だった。

難しい制約はあるみたいだけど、いつでも遠いところにいける魔法だから、ハウリン村にも気軽にやってこられる。そうわかってても、やっぱり来てくれるのは嬉《うれ》しかった。

クレトは冒険者活動をお休みして、商人として活動しているようで最近は忙しかったようだ。

俺は服に詳しいわけじゃねえが、クレトの服が良くなっていることに気付いた。

娘のニーナが言ってから気付いたんじゃない。本当だぞ？

ともかく、友人の仕事がうまくいっていることはいいことだ。

俺たちが再会できたこと自体すごいことだったが、クレトはそこからとんでもないことを言い出した。

ハウリン村に住むと。

そう言ってくれたクレトの言葉に嬉しさを感じたが、俺としては心配が勝った。

クレトは既に王都で成功している男だ。そんな男がどうしてこちらに住むのか。

王都では宿暮らしだし、家族もいないみたいなのでそっち方面の心配はないとして、商会の仕事は王都でしかできない。

クレトのような気のいい男がやってきてくれるのは勿論《もちろん》大歓迎であるが、順風満帆な道から気の迷いで逸《そ》れようとしていたら友人として止めるべきだろう。

そのような思いで留《とど》まるように言ったが、クレトはしっかりと道を見据えていた。

空間魔法による王都とハウリン村での二拠点生活。

瞬時に移動できるクレトの魔法を生かした、二拠点での生活。

確かにそれなら仕事をしつつ、こっちでも暮らすことができる。

クレトのしっかりと未来を見据えた生活様式に俺は脱帽して、留めることもやめたもんだ。

俺よりもクレトは頭が良くて、しっかりしている。

ただ気になったのはクレトの仕事だけの生活に疲れたってやつだな。

空間魔法なんて便利な魔法を持っているから大変なんだろうな。

仕事も生活も両立できるとなれば、止めたりはしない。

俺にできることはクレトがこっちで生活できるように手伝ってやることだ。

クレトがハウリン村でも住むことに問題ないとわかった俺は、家にある秘蔵のワインを出して喜びを分かち合った。

◆

クレトは村長に話をつけると、空き家の改築を頼んで、あっという間にハウリン村に住み始めた。

普通よそからの引っ越しというのは、もっと時間がかかるもんだが、これだけスムーズなのはクレトの段取りがいいからなんだろうな。

クレトの家は俺の家から近い場所にある。距離は四十メートル程度離れているが、歩いてすぐの距離。うちの畑からも家が見えるくらいだ。

クレトは特殊な生活をしているので毎日家にいるわけでもない。これくらい近ければ、困った時はいつでも相談に乗れるし、手伝ってやれる。

うちの村に変な奴《やつ》がいるとは思わないが、誰かしらの視線があれば牽制《けんせい》にもなるしな。

こうして俺の家には隣人ができたのである。

そんなちょっとした変化が起こったわけだが、俺は最近気になっていることがある。

それは世界一可愛《かわい》い娘のニーナについてだ。

「クレトの家に行ってくるー!」

朝、起きるなり身支度を整えると、ニーナはぴゅーっと家を飛び出していった。

「おいおい、朝ご飯すら食べてないのにクレトの家か?」

「ニーナも遊んでもらえるお兄さんみたいな人ができて嬉しいんですよ」

ニーナのいきなりの外出に驚く俺だが、ステラはあまり気にしていないようだ。

ハウリン村にも若者はいるが、クレトのようなできた奴がいるかと言われると首を横に振らざるを得ない。

ニーナが優しいクレトに構ってもらいたくなるのも当然だろう。

「だが、クレトといえど男だ。世界一可愛いニーナの可愛さにやられるかもしれない」

「……自分でこの村に住んでしまえと言っておいてなにを言ってるんですか」

「いや、それはそうだが……」

「クレトさんはニーナに手を出すような人じゃありません」

何故《なぜ》か俺の妻から絶大な信頼を得ているクレト。

その事実が俺に激しい危機感を抱かせる。

クレトのことは信頼している。しかし、奴も男だ。ニーナの可愛さに不埒《ふらち》な想いを抱くかもしれない。

「心配でしたら、一度遊んでいる様子を見てみればいいじゃないですか」

「そうする」

モヤモヤしたままでは気持ちが悪かったので、俺はステラの言う通りに二人が遊んでいる姿を見てみることにした。

外に出てみると、ニーナはクレトの家の裏庭で話をしているようだ。

無邪気な表情で何かを語りかけるニーナに、クレトは穏やかながらも相槌《あいづち》を打ったり、質問したりしている。

今日もうちのニーナが可愛い。

しばらく見守っていると、クレトとニーナは奇妙な動きをし始めた。

両手を上に伸ばして下ろすのを繰り返したり、膝を曲げながら両腕を動かしたり。

よくわからないけど何か規則性があるのだろう。二人の動きは非常にスムーズであった。

ニーナはまだ慣れていないのか若干動きに緩慢さがあるが、クレトの動きを必死に見て真似《まね》している。時に変な動きになってしまうが、それすらも楽しんでいるようだった。

「あっ、父さんだ！」

「アンドレさん、おはようございます！」

娘の可愛らしい姿に見惚《みと》れていたせいか、ニーナとクレトに発見されてしまった。

しまった。姿を見せずに見守るつもりだったのに。

「よかったら、アンドレさんも朝の体操をやっていきますか？」

「さっきからやってる変な動きが朝の体操か？」

「はい、身体《からだ》の筋肉をほぐして、動きやすくしているんですよ」

「これをやると身体が軽くなるんだよー」

「なんかよくわからねえけど、やってみるぜ」

クレトと娘の様子を窺《うかが》っていたなどとは言いづらいので、とりあえずクレトの誘いに乗ることにした。

「『いっち、に、さん、しー』」

「お、おお？」

クレトとニーナは体操とやらに慣れているが、俺は初めてだ。

二人の奇怪な動きを真似しようとするが、上手《うま》く真似することができない。

「違うよ、父さん。こう！」

「こうか？」

「そう！」

ニーナの指導により、何とか真似をすることに成功をする。

ひとつ終えるとまた知らない動きが出てくるが、同じ動きを何度も繰り返すものなのでやってみると意外と簡単だった。

「はい、これで体操は終わりです」

「ありがとうございました」

ある程度の動作を終えるとクレトがそう言い、ニーナが礼を言うので俺も遅れて礼を言う。

よくわからないがこれがここのルールらしい。

体操とやらを終えると、確かに身体の調子がいいように思える。身体を伸ばしたからだろうか、肩もスムーズに回っていた。これはいい。

「頑張ったニーナに今日もご褒美です」

「わあいっ！」

うん、ご褒美？

喜ぶニーナに首を傾《かし》げていると、クレトが裏庭から家の中に引っ込んだ。

程なくすると、クレトは焼いたサンドイッチのようなものを持ってきた。

お皿の上に載ったそれは程よい焦げ目がついており、普通のサンドイッチよりも香ばしい匂いがしている。

間には半熟になった玉子とこんがりとしたベーコンが入っていた。

作りは俺でも想像がつく単純なものであるが、実に美味《うま》そうだ。

「おいしい！」

ニーナが焼いたサンドイッチを食べて、満面の笑みを浮かべる。

その緩み切った顔を見る限り、相当な美味《おい》しさのようだ。

「クレト、それはサンドイッチを焼いたのか？」

「そうですよ。ホットサンドといって、特別なフライパンで両面からサンドイッチを焼いたものです」

そう言ってクレトは家から開閉できる四角いフライパンを持ってきた。

「へー、王都にはこういうフライパンがあるのか」

「いいえ、これは俺が職人に依頼して個人的に作ってもらったものですよ」

「……クレトって、色々なものを持ってるよな」

クレトは男なのに料理までできるっていうし、昔は料理人だったのかもしれないな。

だとしたら、食への拘《こだわ》りや追求も頷《うなず》けるものだ。

「よかったら、アンドレさんも食べます？」

「食べる」

家ではステラが朝食を作ってくれてはいるが、このような美味しそうな食べ物を前にして断れるわけがなかった。

クレトが差し出してくれたホットサンドとやらを口に運ぶ。

焼き上げたパンがサクリと音を立てて香ばしい風味を放つ。

そして、程よく半熟に焼き上げられた玉子の黄身がどろりと流れ、香ばしいベーコンと絡み合う。甘い玉子と塩っけの強いベーコン、それらを包み込む香ばしいパンの相性が素晴らしい。

「うめえ！　ただ、サンドイッチを焼いただけでこんなにも美味くなるのか！」

「両面から均等に焼いてあげないと難しいですが、少し手を加えるだけでこんなにも変わるんですよ」

なるほど、クレトが職人にフライパンを作らせたのも納得の味だ。

出来立てとはいえ、ただのサンドイッチがここまで美味しくなるとはな。

サクサクとしたパンの食感のせいか、ぐんぐんと食べ進められる。

「よかったら、他の味もありますので食べてみますか？」

「「食べる！」」

あっという間にそれぞれのホットサンドを食べ終えた俺とニーナは、クレトの言葉に反射のような勢いで頷いた。

「次はピザ風ホットサンドです」

そう言ってクレトがホットサンドを半分に割ると、断面にはチーズやサラミ、トマトといったものが挟まれていた。

「ふわぁ、まるで小さなグラタンだ！」

ニーナの感想のようにホットサンドの中にはステラのグラタンのような、夢が詰め込まれていた。

「少しチーズが熱いので気をつけてくださいね」

たらりと断面から垂れそうになっているチーズに気を付けつつ、俺とニーナはピザ風ホットサンドを口にする。

「おいしい！」

「うめえ……」

口にした瞬間漏れ出る吐息。

濃厚なチーズがとろりと溶けて、トマトソースの酸味と混じり合う。さらに後から追いかけてくるサラミの塩っけが全体の味をしっかりと引き締めていた。

「ただの朝食として食べるのは勿体《もったい》ねえくらいだ。絶対にワインと合う」

「そういう食べ方もできますね」

俺の言葉に同意するようにクレトも頷いた。

「ああ、今が朝じゃなくて夜ならば、一杯やることができるのになぁ」

「さすがに今からワインを飲んだら、典型的なダメな大人ですね」

「くっ、ダメな大人になりてえ」

それくらいこのピザ風ホットサンドは美味しい。

これがご褒美……なるほど、ニーナはこれが目当てで熱心にクレトの家に通っていたんだな。

朝早くから飛び出していく娘の真の狙いに気付き、俺はとても安心した。

「二人とも、そろそろご飯の時間ですよー」

ホットサンドを食べて一息ついていると、家の方からステラの声が飛んできた。

「……父さん」

「なんだ？」

「私、お腹《なか》いっぱいになっちゃった」

ニーナの切り出した言葉は俺にも予想ができたことだった。

しかし、今の俺にそれを咎《とが》める資格はない。なぜなら、それは俺も同じだからだ。

「俺もそれなりに膨れちまったな」

「どうしよう？」

「正直に話して母さんに謝ろう」

「二人ともまだ朝食を食べてなかったんですね……」

そんな俺たちの会話を聞いて、クレトが申し訳なさそうに笑う。

「なんだかすみません、無理に食べさせちゃって。俺の方からステラさんに謝りますよ」

なんていいことを言う奴なのだろうか。クレトはいい奴過ぎる。

こんないい奴がニーナを狙っているはずがなかった。俺は曇った眼差《まなざ》しをしている自分をひっぱたいてやりたい気持ちになった。

こんなに美味しいものを作り、食べさせてくれた隣人を謝らせるわけにはいかない。

朝食を食べてもいないのにバクバクと食べた俺たちが悪い。

「これは俺たちの落とし前だ。クレトが謝ることじゃねえよ。ホットサンド、美味かったぜ」

「ありがとね！」

余裕の笑みを浮かべて礼を言うと、俺はニーナの手を引いて自宅に帰る。

たとえ、その先怒られる未来が待っていたとしても。

そして、予想通り俺とニーナは仲良くステラに怒られた。

書き下ろし3　『ニーナ』

私はニーナ。最近、楽しみができた。

それはクレトと遊ぶこと。

クレトはとっても優しいお兄さん。村にいるどのお兄さんよりも優しくて、物知りで、私に色々なことを教えてくれる。

そんなクレトと一緒に遊ぶことが私は大好きだ。

「クレトの家に行ってくるー」

「はーい」

朝起きて、身支度を済ませると私はいつものように家を出ていく。

目的地はすぐ傍《そば》にあるクレトの家だ。

庭にある窓から家の中を覗《のぞ》き込《こ》むと、今日もクレトが台所でお料理をしていた。

朝食を作っているのかな？

クレトは男性なのに料理がとても上手《じょうず》。

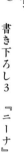

父さんや村にいる男性はほとんど作れない人ばかりだから、男性が料理をしている姿はなんか新鮮だ。

「クレト、おはよう！」

「おはよう、ニーナ。今日も朝の体操をやるかい？」

「うん、やる！」

私とクレトの朝の体操。

最初はクレトの変な動きを真似《まね》しているだけだったけど、これをすると朝から元気が出るし、身体《からだ》が軽くなるので気に入っている。

今となっては私とクレトの毎朝の日課だ。

「ちょっと待ってくれ。今、パンを窯《かま》に入れるから」

クレトはそう言って台所に引っ込むと、程なくして外に出てきた。

「それじゃ、今日も体操をやろうか」

「うん！」

こうして私とクレトのいつもが始まるのであった。

「いっち、にー、さん、しー、ごー、ろく、しち、はち……はい、終了」

「ありがとうございました」

体操が終わると、私とクレトはぺこりと頭を下げてお礼を言う。

よくわからないけど、これが私たちの一連の流れになっている。楽しいからやっているから深い意味は気にしない。

◆

体操を終えたころになると、クレトの家からいい匂いがするようになった。

「おっ、ちょうど焼けたころかな？」

クレトはそう呟《つぶや》くと家の中に入っていく。

そして、お皿を持ってやってきた。そこにはこんがりと焼かれたパンがあり、その上にはとろりとしたチーズやスライスされたトマト、キノコ、ナスといったものが載っていた。

「ピザ風ホットサンド？」

「今回は普通にトーストとして焼いただけだからピザトーストだね」

クレトの言う通り、前に父さんと食べたホットサンドとは違った。

サンドイッチみたいに挟まれていなくて、パン一枚の上に具材がある感じだった。

「ニーナも食べるよね？」

「う、うーん、またお腹《なか》いっぱいになると母さんに怒られるから」

本当はすごく食べたい。クレトの作る料理はどれも美味《おい》しくて頬《ほ》っぺたが落ちそうになる。

だけど、この間クレトの料理でお腹いっぱいになって、母さんの料理が食べられなくなってしまった。

また同じことをやったら母さんはもっと怒ると思う。

「じゃあ、お腹いっぱいにならないように小さく切ってあげるよ。それなら、ステラさんのご飯も食べられるでしょ？」

「うん、それなら食べられる！　クレトは天才だね！」

「だろう？」

それなら今ピザトーストが食べられるし、家で母さんの料理も食べられる。

こんなことを思いつくなんてクレトはやっぱりすごい。

クレトは包丁を持ってくると、お皿の上に載ったピザトーストを半分に分けてくれる。

半分になったそれを私は受け取り、口に運んだ。

こんがりと焼き上がったパンのサクサク感はこっちの方が強い。

前にピザ風ホットサンドを食べているから味は大体知っている。だけど、こっちの方が具材も多いので豪華だ。

チーズとトマトだけじゃなく、キノコやナスも合うことがわかってビックリ。

「私、ピザ風よりもこっちの方が好きかも！」

「こっちにはたくさんの具材もあるしね。純粋にピザ感を楽しむならこっちの方がいいかもしれないね」

クレトと一緒に縁側《えんがわ》に腰かけて、サクサクとピザトーストを食べる。

朝の体操で身体を動かして、ちょっとだけクレトの美味しい料理を食べさせてもらう。

クレトがこの村に住んでからできた、新しいいつもが私は大好きだ。

◆

「さて、そろそろ俺は仕事に向かうよ」

ピザトーストを食べ終わって、一息つくとクレトは立ち上がってそう言った。

「また王都に向かうの？」

「ああ、怖いお兄さんが俺に働けって言うからね」

「今度は何日くらいで帰ってくるの？」

「うーん、まだ仕事の内容を聞いていないからわからないかな。一日で終わるかもしれないし、三日から一週間かかるかもしれないし」

「そっかぁ」

「でも、帰ったらすぐに顔を出すよ」

「うん、そうしたらまた遊んでね！」

お仕事で村にいないとなると、しばらくクレトとは遊べなくなる。それがすごく残念。

だけど、あんまり表情に出すとクレトが困っちゃうから、私はすぐに気持ちを切り替えて笑顔で送り出す。

「それじゃあ、行ってくるよ」

クレトは靴を履いて一歩、二歩と歩くと、眩《まばゆ》い光に包まれて忽然《こつぜん》と消えてしまった。

どうやら空間魔法っていうので王都に向かったみたい。

目の前で人がいなくなるっていうのがとても不思議だ。

今頃、クレトは王都に着いているのかな？

「さて、おうちに戻ろうっと」

家では母さんの料理ができているだろうし、私にだって手伝う仕事があるからね。

クレトだけじゃなく、私も頑張らないと。

「ただいまー」

「ちょうどよかったわ。朝ご飯ができて、そろそろニーナを呼ぼうと思っていたところ――って、今日もクレトさんの料理を食べてきたわね？」

「え、ええ？　食べてないよ？」

家に戻るなりかけられた母さんの言葉に私は動揺した。

どうして食べてきたってわかったんだろう。

「……口の周りにトマトソースがついてるわよ」

「あっ」

言われて口の周りを手でぬぐってみれば、赤いソースがついていた。

「それに明らかにいい匂いがしてるしな。今日もピザ風ホットサンドを食べたのか？」

「ううん、今日はピザトーストだよ！　パンの上にたくさんの具材が載ってたの！」

「おお、それも美味《うま》そうだな。今度、俺も食わせてもらうか……」

父さんはピザ風ホットサンドが気に入っているので、絶対に好きになると思う。

「ニーナ？」

私がそんな風に父さんと話していると、母さんが凄《すご》みのあるオーラをたたえながら一言。

「わ、わかってるよ！　今回はお腹いっぱいにならないようにクレトは小さく切り分けてくれたから大丈夫！」

「ちょっと食べさせてもらうくらいならいいじゃねえか」

「それならいいけど、この間みたいにお腹いっぱいで食べられないっていうのはやめてね？」

お腹いっぱいになり過ぎないようにしたことと、父さんの援護もあってか母さんの凄みは霧散した。

「うん、わかってるよ」

「あなたも」

「おお」

「それじゃあ食べましょうか」

私と父さんは今日も料理を作ってくれる母さんに感謝して、朝食を食べた。

◆

朝食を食べ終わると父さんは村の警備の仕事に出かける。

母さんは朝食の片づけで、私は洗濯をすることにした。

昨日、一昨日《おととい》に汚れてしまった衣服を籠《かご》に纏《まと》めて入れて、近くの川でそれを洗う。

汚れているものはしっかりと洗い、襟や裾のところを重点的に指で洗う。

最近はすっかりと暖かくなってきたから、汚れた服も放置しておくと臭くなっちゃう。

だから、二日に一回、あるいは毎日くらいのペースで洗いものをする必要がある。

こまめに洗濯をするのはちょっと面倒だけど仕方がない。

でも、暖かくなることは悪いことばかりではない。こうして、水に触っても冷たすぎず、気持ちいいと感じること。

寒い冬なんかは水に触るだけで痛くなっちゃうくらいに冷たい。でも、暖かくなった今ぐらいの季節ならちょうど心地よく感じる。それが嬉《うれ》しかった。

衣服を洗い終えると、洗濯籠がずっしりと重くなる。水を吸った服は重くなってしまうので運ぶのはちょっとしんどいけど少しの我慢。

「籠、持つわね」

「ありがとう」

家の近くまでくると食事の片づけを終えた母さんが出てきて重い籠を持ってくれた。

さすがは大人だけあって母さんは力持ち。でも、ちょっと前にそのことを言ったら母さんはムッとしたので言わないようにした。

女の子に力持ちだって言うのは、誉《ほ》め言葉じゃないみたい。私からすればまだわからない感覚だ。

母さんはいずれわかる日がくるって言っていたけど、いつなんだろう？

濡れた服を広げてシワを伸ばすと母さんに手渡す。

そして、母さんが物干《ものほ》し竿《ざお》に干してくれる。

二人でやると早いものであっという間に洗濯物は干し終わった。

「次は畑仕事ね」

洗濯が終わると、次は畑仕事だ。

いつものように母さんと二人で作物の確認をしていく。

「ニーナ、今日は土を耕してくれる？」

作物の確認をしていると、母さんからそのように言われて驚いた。

「畑を広げるの？」

「ええ、クレトさんのお陰で村以外でも野菜が売れるようになったからね。もう少し育ててみようと思って」

「わかった！」

クレトが王都にまで作物を売りに行ってくれたお陰で、私たちの育てた作物はたくさん売れるようになった。だから、もっと育てる野菜を増やすみたい。

畑を増やすのは久しぶりなので畑づくりができるのが嬉しい。

母さんが増やす範囲をロープでしっかりと指定し、私はその範囲の土を柔らかくするために鍬《くわ》で掘り返す。

途中から母さんも一緒になって鍬を振るって、たくさんの土を掘り返す。

「そろそろ、お昼の時間ね」

夢中になっているといつの間にかお昼になってたみたい。

額の汗を拭いながら母さんが呟いた。

空を見上げると中天の位置にまで太陽が昇っており、ギラギラとした光を放っていた。

作業に夢中で時間が過ぎていたことに気付かなかったけど、意識すると途端にお腹が空いてきた。

「昼食にしましょうか」

「うん」

母さんの意見には大賛成だったので笑顔で頷《うなず》く。

しっかりと靴の土を落として家の中に入ると、タオルで汗を拭う。

暑くなってきたせいで少し靴の中が蒸れ気味。クレトの家のスリッパがちょっと恋しいや。

汗を拭って手を洗うと、母さんがお弁当を作り始めた。

あれは私たちの昼食じゃなくて、父さんの分だ。

暖かい季節になると朝からお弁当を持っていっては傷んでしまう。

それで父さんがお腹を壊しちゃってからは、見張りの日はお弁当を持っていってあげるようになった。

母さんが父さんのお弁当を作っている間、私は朝食の残り物を温めなおしたり、サラダのための野菜を切っていく。

「ニーナ、父さんにお弁当を届けてくれる?」

「いいよー」

しばらく作業をしていると、母さんにお弁当の配達を頼まれた。

母さんからバスケットを受け取ると、中からは香ばしいパンの匂いが。

蓋を開けて中を覗いてみると、中にはクレトが作っていたホットサンドが入っていた。

「あっ！　ホットサンドだ！」

「正解。クレトさんみたいに特別なフライパンはないから綺麗《きれい》にはできないけど、真似はできるわよ」

感激の声を上げると、母さんがウインクをしながら言う。

これは父さんもビックリすると思う。お弁当を持って行ってあげるのが楽しみだ。

「行ってきまーす」

バスケットを受け取った私はすぐに家を出る。

家から村の入り口までそう時間はかからない。数十分もしないうちに村の入り口にたどり着いた。

そこでは父さんが槍《やり》を手にして、凛々《りり》しい顔で立っている。

「父さん、お弁当持ってきたよー！」

「おお、ニーナ！　ありがとな！」

私が声をかけると、父さんは嬉しそうに笑った
仕事中はキリッとした顔つきになる父さんだけど、お弁当を持ってくると顔つきが柔らかくなる。

その変わりようがちょっと面白かった。

「父さん、お弁当を開けてみて！」

「おお、今日は変わったものでも入ってるのか？」

父さんはわくわくした顔つきでバスケットに手をかける。

蓋を開けると、そこにはたくさんのホットサンドが入っていた。

「……これはクレトが作ったのか？」

「ううん、母さんが真似して作ってみたんだって」

「おお、わざわざ俺のために作ってくれたのか！　こいつは嬉しいなぁ！」

私がそう言うと、父さんは感激した様子でホットサンドを掴《つか》んで食べた。

「……クレトには悪いけどやっぱりステラのホットサンドが一番だわ」

「えー？　本当？」

「一口食べてみろ」

「うん」

父さんにホットサンドを差し出されたので、私はそのまま一口貰《もら》う。

「あっ、これ父さんの大好きな味だ！」

「おうよ、クレトのやつもシンプルに美味いけど、やっぱり最愛の妻の味には勝てねえな」

しんみりと語りながら美味しそうにホットサンドを食べる父さん。

私からすれば、ちょっと塩辛い気がするけど、父さんはこのくらいの味の濃さが好きだからね。

なんだか一口だけ食べたせいで余計にお腹が空いちゃったな。

「私は帰るね！」

「おいおい、もうちょっとゆっくりしていかねえのか？」

「だって、私もお腹が空いたんだもん！」

私はまだ昼食を食べていない。

残念そうにする父さんに手を振って、私は急いで家に戻ることにした。

家に向かって走っていると、前から荷車を引いた大きな男性が現れる。

真っ赤な髪と瞳をした大きなお兄さん。

最近クレトと仲良しな、トマト農家のオルガだ。

見た目は怖くて、村人から避けられているけどオルガが優しいってことを私は知ってる。

「オルガだ！」

私が手を上げて声をかけると、オルガはちょっとビックリしたように立ち止まる。

「……ニーナか。アンドレのおっさんに弁当でも届けた帰りか？」

「そうだよ。これからお昼を食べに家に戻るんだ」

「それならこれをやるよ」

そうぶっきらぼうに言いながら、オルガは三つの大きなトマトを手渡してくれた。

どれも真っ赤で瑞々《みずみず》しくてすごく美味しそう。

「わあ、トマトだ！　いいの？」

「不揃《ふぞろ》いで売り物にならねえやつだしな。持ってけ持ってけ」

「ありがとう！　それじゃあね！」

オルガから三つもトマトを貰った私は、笑顔で家に向かう。

このトマトがあればサラダももっと美味しくなるし、母さんも喜ぶよね。

「ただいま！」

「お帰りなさい」

「オルガにトマトを貰ったよ」

貰ったトマトを見せると、母さんは目を丸くする。

「あら、それはいいものを貰ったわね。切ってサラダに乗せちゃいましょうか」

「うん！」

やっぱり、母さんも同じことを考えたみたい。

オルガのお陰で昼食のサラダは少し豪華になったのだった。


昼食を食べ終わると、休憩時間になる。

仕事をしなくてもいいのは楽だけど、何もすることがないと暇だ。

母さんはまた畑仕事に戻っているし、父さんはずっと外で見張りの最中。

暇なのは私だけ。

「こういう時にクレトがいれば、遊んでくれるのになぁ」

ジーっとしているのが退屈で思わず、そんな言葉が漏れてしまった。

なんでだろう？　これまでも暇な時間を退屈に思うことはあった。

でも、ここまで苦しく思うことなんて今までなかったのにな。

家でボーっとしている気にもなれなかったから外に出て、クレトの家を覗いてみる。

だけど、今朝王都に出かけたクレトが帰っているはずもなく、家の中はがらんとしていた。

「そんなすぐに帰ってくるはずがないよねぇ」

「あれ？　ニーナ？」

残念に思いながら大人しく家に戻ろうとすると、後ろから声がかかった。

振り返ると、そこには王都に仕事に行っていたはずのクレトがいた。

通常なら半日で帰ってくることはあり得ないけど、クレトの魔法ならできる。

「クレトだ！　どうしてここにいるの？　お仕事なんじゃ？」

クレトがいるのは嬉しいけど、それよりも戸惑いが勝ってしまって尋ねる。

「確かに仕事はあったんだけどすぐに終わっちゃってね」

すると、クレトは苦笑いをしながら頬をかいた。

「……それじゃあ、今日はもう暇ってこと？」

「うん、そういうことになるね」

「それじゃあ、遊ぼう！」

まさかクレトがもう帰ってくるとは思わず、私は喜びをぶつけるようにそう叫んだ。

さっきまで胸の中に渦巻いていたモヤモヤとした気持ちはなくなり、私の世界はいつにも増して色づいた。

あとがき

本書をお手に取っていただきありがとうございます。錬金王《れんきんおう》です。

このペンネームを見たことがあるなって思っていただけると嬉しいです。

知らないなって思った方は、是非これを機に覚えてもらえると。


――二拠点生活。

主な拠点を都会に残し、もう一つの拠点を地方にも所持した状態で暮らすこと。

二拠点での生活をすることから「デュアラー」などと呼ばれることもあるそうです。

元々奈良県に住んでいた私は、都会での生活にやや疲労を感じていました。

都会には色々なものがあり便利で楽しいのですが、人が多く、自然が少なくて……ゆったりとした場所や自然が足りない。

しかし、そういった場所に行こうにも仕事に追われて中々時間が作れない。

かといって、完全に地方移住を決める度胸もない。

そんな時に色々と調べて出会ったのが、この二拠点生活というものでした。

これならば、私の心を満たす生活ができる！　そう思って行動を始めたところ世間はコロナの闇に襲われ、私の二拠点計画も頓挫。

そんな心のフラストレーションを解消すべく、小説として異世界での二拠点生活を描くことになりました。

幸いなことにこの作品は多くの方に支持を頂き、ランキングに上がれただけでなく、憧れのエンターブレイン（ファミ通文庫様製作）の元で書籍を作り出すことができました。


この作品を見つけ出してくださったT様、担当編集として力になっていただいたW様、魅力的なキャラや見事な世界観を表現してくださったあんべよしろう様。

そして、この書籍の出版に関わってくださった全ての方にお礼を申し上げます。

そして、ｗｅｂから読んでいただいている読者様に感謝を。

これからもクレトたちの穏やかな二拠点生活を書籍などで提供できると嬉しいです。

のんびり二拠点生活ができる世の中になることを願って。

――錬金王

クレトの空間魔法、
すごく便利ですよね。
わたしも自然に囲まれた拠点で
穏やかに絵を描いたり、
美味しいものを食べたりという
生活ができたら最高だな…、
と思います。
『異世界ではじめる二拠点生活』
お手にとって下さり
ありがとうございました！
あんべよしろう

異世界《いせかい》ではじめる二拠点生活《にきょてんせいかつ》
～空間魔法《くうかんまほう》で王都《おうと》と田舎《いなか》をいったりきたり～

2021年3月30日　初版発行

著　者　錬金王《れんきんおう》
イラスト　あんべよしろう
発行者　青柳昌行
発　行　株式会社KADOKAWA
〒102-8177 東京都千代田区富士見2-13-3
電話 0570-002-301(ナビダイヤル)

編集企画　ファミ通文庫編集部

担　当　和田寛正
デザイン　横山券露央、小野寺菜緒(ビーワークス)
写植・製版　株式会社オノ・エーワン
印刷・製本　凸版印刷株式会社

[お問い合わせ]
[WEB]https://www.kadokawa.co.jp/(「お問い合わせ」へお進みください)
※内容によっては、お答えできない場合があります。
※サポートは日本国内のみとさせていただきます。
※Japanese text only

 ISBN978-4-04-736540-7 C0093　　定価はカバーに表示してあります。